KB109544

명륜고
MBTI
상담실

명륜고 MBTI 상담실

초판 1쇄 인쇄 | 2023년 4월 26일
초판 1쇄 발행 | 2023년 5월 3일

지은이 | 정구복
펴낸이 | 박영욱
펴낸곳 | 북오션

주 소 | 서울시 마포구 월드컵로 14길 62 북오션빌딩
이메일 | bookocean@naver.com
네이버포스트 | post.naver.com/bookocean
페이스북 | facebook.com/bookocean.book
인스타그램 | instagram.com/bookocean777
유튜브 | 쏠쏠TV· 쏠쏠라이프TV
전 화 | 편집문의: 02-325-9172 영업문의: 02-322-6709
팩 스 | 02-3143-3964

출판신고번호 | 제 2007-000197호

ISBN 978-89-6799-761-8 (43810)

너와 나는 틀린 게 아니라 다른 거야!

자기다움을 찾아가는 청소년들의 좌충우돌 성장기

Bookocean

차례

1.

기울어진 운동장

무료하다.

사무실에 혼자 남았다.

멍하니 창밖을 보는데 두 아이가 텅 빈 운동장을 가로질러 강당 쪽으로 오고 있다. 경사진 길에 천천히 미끄러지는 물건처럼 상담실 쪽으로 밀려오는 것만 같다.

아이들이 시선에서 사라지자 운동장 너머 구름을 담은 하늘과 학교 밖 떼를 지어 모여있는 아파트가 눈에 들어온다. 교정의 느티나무가 연초록을 머금는데 내 속은 근 몇 년 동안 잿빛이다. 5월이 계절의 여왕이라고 하여 내 몸이 자연의 색을 그대로 담아낼 리는 없다. 거기에 가정의 달이라고 해서 더 싫어진다. 뭔가를 기대하고 누군가를 기다리는 것은 영혼을 갉아먹고 생활을 피폐하게 만든다. 어린이날, 어버이날, 스승의 날, 성년의 날, 부부의 날, 전남편 생일까지 생각하면 몸살이 난다. 내게 오월은 첫날부터 살기 위해 일해야 하는 노동자의 날이 연달아 이어질 뿐이다. 단지 지금은 학교라서 잠시 육체적 고달픔으로부터 해방된 것을 제외하고는 달라진 것이 없다. 상담실의 전주미 부장은 가족들 챙기느라 힘들다고 투덜대지만, 말끝마다 드러내는 가족 자랑에 이골이 난다. 지금 내 곁에는 정을 나눌 가족이 없다.

등짝을 의자에 의지하고 개구리 다리처럼 뻗었다. 물색없이 휴대전화 화면을 건드렸다 밀었다 반복했다. 태아 때부터 얼마 전 유치원 입학까지의 딸 사진을 보고 있는데 복도에서 거친 발걸음 소리가 커지더니 문이 열렸다.

"사람이 죽었어요." 얼굴도 모르는 아이가 거친 호흡을 내뿜으며 소리쳤다.

"누가, 어디?"

"강당이요." 외치고는 몸을 돌려 문으로 나가려는 아이를 따라서 나도 허리춤을 세우고 바삐 뒤따랐다. 긴 다리로 겅중겅중 뛰는 아이를 숨 가쁘게 따라갔다. 달팽이관처럼 꼬여 있는 계단을 몇 번 돌아 강당 안으로 들어갔다. 30여 미터 앞 코트 끝 무대 위에 누운 여자아이가 보였다. 그 앞 농구대 밑에 삐쩍 마른 사내아이가 공을 들고 여자아이와 나를 번갈아 쳐다본다. 나는 코트를 한숨에 가로질러 무대 위로 올라섰다.

"미가!" 우리 반 19번 이미가였다. 그런데 얘가 왜 여기 있는지 생각할 겨를도 없이 가슴 위에 손을 얹고 고개를 돌려 코 위로 귀를 가져갔다.

"조금만 더 누워있을게요." 순간 소스라치듯 놀라 뱅 튀겨진 강냉이처럼 뒤로 물러섰다. 내 몸이 팝콘처럼 이렇게 가벼울 줄이야. 덩달아 무대 밑의 아이도 호기심 많은 강아지처럼 움찔했다. 놀람과 안도의 순간이 교차하고 나는 미가의 손을 잡아 가슴 앞으로 당기며 물었다.

"괜찮아?"

"괜찮아요. 졸려요." 다행이었다. 괜찮다고 했다. 나는 괜찮다고 말하면 괜찮은 것임을 안다. 괜찮지 않은 상황이라면 괜찮다는 말조차 하지 못한다. 그런 경험이 쌓여 괜찮음을 직감한다.

"어떻게 된 거야?"

"노래하다 잠들었나 봐요." 미가 머리 쪽 뚜껑 열린 피아노에 악보가 흩어져 있다. 삐뚤어진 의자 위에 가방이 반쯤 벌어진 채로 기울어져 있다. 틈새로 눈에 익은 생리대와 엄지 한마디 정도의 빨간 목각인형이 반쯤 보였다.

"안 되겠다. 내려가자." 등 밑으로 손을 밀어 넣었다. 미가는 내 말에 고분고분 상반신을 세우고 무대 밑을 본다. 그제야 아이들은 농구공을 바닥에 튀긴다. 탄력으로 튀어 오르는 공과는 달리 우리는 흐느적거리며 코트를 걸었다. 출입구 근처에 도달했을 때, 문이 열리며 준수가 들어왔다.

"선생님! 어, 미가 어디 아파요?"

"됐다." 미가가 고개를 틀어 짧게 내뱉은 말이지만 별

위력이 없다.

"준수! 농구하러 왔구나. 미가야, 가자." 상담실에 미가를 데리고 와서 미지근한 물을 주었다. 준수와 미가는 우리 반 모범생이고 상담실 도우미다. 일주일에 3번 사무실을 청소하고 후배들을 상담해주는 멘토이다. 둘은 많은 점이 닮아있다. 눈이 크고 키가 훤칠하다. 표정이 밝고 자주 웃는다. 말이 많지는 않아도 남을 배려하는 것이 느껴진다.

"선생님, 저 그냥 갈래요." 미가는 내 손에서 가방을 힘없이 끌어당기면서도 말은 야무졌다.

"왜? 상담실에서 좀 더 쉬고 가지." 속에도 없는 말을 했다. 미가가 중간고사로 많이 지쳤고 지금은 휴식이 필요하다는 것을 알았지만, 오늘 같은 날은 혼자 있고 싶었다. 학생이 무사하다는 것을 확인했으니 내가 할 일은 충분히 마친 것이다.

중간고사가 끝난 금요일 오후의 학교는 조용했다. 한바

탕 뛰었던 가슴을 진정하고 상담실 문을 안에서 잠그고 어느 누가 와도 문을 열어주지 않겠다고 마음먹었다. 사실 나를 찾아올 사람도 없다.

컴퓨터와 시계를 보며 퇴근을 기다리다 무심하게 창밖을 봤다. 미가가 교문을 빠져나가는 모습이 보였다. 멀리서도 미가의 늘어진 어깨가 느껴졌다. 적어도 한 시간 정도는 지났을 텐데 어디서 무엇을 하다가 이제야 집에 가는 것일까 궁금했다.

선생님들은 미가를 많이 칭찬한다. 2월 말에 우리 학교에 전학을 와서 3학년이 된 지는 몇 달이 되지 않았다고 했다. 수업 자세가 반듯하고 복도에서 마주치면 하트를 날리며 우렁찬 목소리로 말한다.

"사랑해요. 선생님!"

다른 교사들도 이 말을 들으면 기분이 좋아진다고들 한다. 미가는 나보다 두 달 정도 먼저 학교에 온 셈이다. 아이들에게 별 관심이 없어 보이는 전주미 선생도 미가는 공교육의 희망이라고 한다.

나는 전주미 선생의 말에 무조건 거부감이 생긴다. 그녀가 싫으니 그녀가 하는 말은 마음에 들어오지 않는다. 귀로 듣고 싼 입으로 좋은 말을 하면 그만이다. 나는 희망이라는 말에 절망을 느낀다. 희망이라는 말은 애써 절망스러운 상황을 모면하고 싶은 비겁한 심리라고 생각해 왔다. 그래서 나는 희망이라는 단어를 버렸다. 부서지더라도 부딪치고 도전하려 했다. 덕분에 나는 많이 망가졌다.

내가 명륜고 국어 기간제 교사로 임명된 지 3주가 되었다. 오늘 시험을 본 화법과 작문을 가르친다.

기간제 교사 계약 당시 세 가지 조건이 있었고 그 첫째가 시험문제를 출제하지 않는다는 것이었다. 민원이 많은 지역이라 오답 시비가 생기면 기간제 교사이기에 곤란한 지경에 빠질 수 있는데 다행이라고 생각했다.

그 조건이 나로서는 나쁘지 않았다. 출제하지 않기에 채점하지 않아도 되니 지필평가로부터 자유로웠다. 나머지 두 가지 조건보다 내 마음에 들었던 것은 내년 2월까지 근무 평가를 해서 정규직 교사로 임명한다는 이면 계약이었다. 단 세 가지 조항을 모두 충실하게 이행해야 한다는 것이 전제였다.

나는 무슨 일이 있어도 계약 조건을 지켜서 명문 사립고의 정규직 교원이 되겠다고 굳게 다짐했다. 학교 일에는 나서지 않고 개입하지 않기로 다짐했다.

이렇게 좋은 자리를 소개해 준 상담실의 전주미 선생이 처음에는 고마웠다. 그렇지만 그녀는 나의 모든 것을 알고 있었고 은연중에 자신을 추앙하라는 듯한 태도가 점점 강해져서 같은 사무실을 쓰는 것이 껄끄러웠다.

3학년 담임이면 3학년 교무실에 있어야 하는데 상담실에 배치된 것부터가 싫었다. 10여 년 전 대학을 졸업하고 학원에서 국어 강사를 할 때, 전주미 선생의 딸을 중학교 때부터 지도했다.

처음에는 국어를 가르쳤지만, 나중에는 딸의 수행평가와 각종 대회 글을 대필했고 외고와 대학 진학 때는 자기소개서를 써 줬다. 고맙다며 건네는 선물이 나중에는 사례금으로 바뀌었고 어려운 형편에 받은 돈은 나의 행동을 옭

아매는 족쇄가 되었다.

세상에 공짜는 없다.

글을 대신 써준다는 이야기가 학부모 사이에 돌아서 또 다른 청탁에 휘말렸다. 결국 나는 학원 강사도 할 수 없게 되었고 낮에 일하고 밤에는 특목고 기숙사 사감을 하고 있었다.

그런데 전주미 선생이 정규직 교사가 될 수 있다며 나를 불러 준 것이었다. 전주미 선생은 학교 재단 이사장의 딸과 동창이었고 그를 따르는 후배 교사들이 있어서 제법 학교에서 영향력이 있다고 과시했다.

나의 전임인 화법과 작문 교사는 학교를 그만뒀다고 했다. 전년도까지는 3학년 부장을 하며 교감 승진 순위 안에 있었다고 했다. 올해는 3학년 7반 담임을 하고 있었는데 돌연 사퇴로 주위에서도 의아하다고 했다.

나는 그의 자리를 이어받았지만, 그 어떤 것에도 관여하지 말라는 조건을 달았다. 나는 그 내막을 알 필요가 없었지만 전주미 선생은 그 모든 내용을 다 알고 있다고 했다.

알면 다친다고 하며 자기 말만 들으면 다 된다고 했다.

그녀가 내 심기를 건드려도 올해는 무조건 그녀의 비위를 거스르지 않기로 다짐했기에 하루에도 몇 번씩 입술을 깨문다.

모처럼 상담실에서 혼자 누리는 자유를 전주미 생각으로 소비한 것이 기분 나빠졌다. 어느새 퇴근 시간이 다 되어 가기에 7반 교실로 갔다. 담임이지만 학급의 출결과 청소 이외에 학생 지도를 하지 말라는 조항이 계약 조건의 두 번째였다. 터무니없는 조항이었지만 나로서는 나쁠 것이 없었다. 잘하는 아이는 그냥 두고 말썽이 생기면 3학년 부장에게 넘기면 된다. 아침 조례와 귀가 시간 종례 그리고 청소 시간에만 임장하면 된다. 오늘은 시험 종료일이라 청소하지 않고 학생들이 귀가해서 교실이 지저분할 것 같았다. 예상대로 교실은 난장판이었다. 칠판에는 시험 안내물과 시계가 태극기 밑에 그대로 걸려있었고 책상 위에는 시험지가 나뒹굴었다. 상당수의 사물함은 열린 상태였다.

책상 위에 있는 시험지를 대충 집어 들어 분리수거함에 넣었고 사물함을 닫았다. 사물함에는 핸드크림과 거울, 정리되지 않은 유인물이 많이 보였다. 미가의 책상 위는 깨끗했고 사물함은 잘 잠겨있었다. 학급 공유 사물함은 열린 상태였다. 마스크와 손 소독제, 물티슈가 방치되어 있었고 생리대를 보관하는 사물함은 살짝 열려있었다. 문득 미가 가방에 있던 물건이 떠올랐다.

'생리대?' 보급형 생리대가 교실에서 나뒹구는 일이 종종 있다. 남녀 할 것 없이 부끄러운 줄도 모르고 치우는 아이가 없는 것 같다. 학급 책장에 굴러다니는 것을 보고 얼굴이 화끈거려 사무실로 가져갔던 나와는 달리 미가는 보급품을 건드릴 이유가 없다. 그런데 미가의 가방 속에 있던 생리대가 교실에 있는 것과 같았다. 미가처럼 부티 나는 금수저가 보급형 생리대를 쓸 리는 없었다. '그 목각인형은 또 뭐지?' 우연히 본 가방 속 물건이 미가와 연결되지 않았다. 교실에 들어오니 아이들의 교실 속 생활이 궁금해졌다.

중간고사 성적이 나오고 있다. 대입에서 3학년 내신 성적의 비중이 워낙 크기에 학생들은 부분 점수에도 민감하다. 화법과 작문 문제가 이상하다고 상담실을 찾아오는 학생들은 모두 3학년 교무실 허보필 선생님께 보냈다. 선택형 문항 17번과 23번은 오답 시비가 있을 법도 했고 서답형 2번은 부분 점수를 주는 것이 합당하다는 생각이 들었지만 내 의견을 드러내지 않았다. 수능보다 어렵다고 생각한 지필평가에서 100점을 맞은 아이가 있어서 놀랐다. 우리 반 이조이가 유일한 만점이었다. 대단하다고 칭찬을 해주고 싶었으나 자제했다. 나는 남아있는 수행평가를 해야 한다. 전임 교사가 6개 조 평가를 마쳤고 이제 4개 조가 남았다. 3명이 팀을 이루어 작문하고 발표하는 형식이었다. 사전에 평가한 결과를 보니 30점 만점에 20점 내외의 점수를 받았다. 점수가 좀 박하다고 생각했다. 교실에 들어가기에 앞서 수행평가의 성취기준과 평가 요소를 살펴

보았다.

화법은 말을 통해 생각과 느낌, 경험을 교류하며 의미를 구성하고 공유하는 것이고 작문은 글을 통해 생각이나 느낌, 경험을 표현하고 공유하는 행위이다. 교과의 목적에 따라 학생들의 활동을 비판적 사고 역량, 정보 활용 역량, 의사소통 역량, 대인 관계 역량, 자기 성찰 역량으로 나누어 각 6점씩 배점하여 5단계로 평가한다.

첫 평가는 우리 반이었다. 오늘 2개 조가 발표한다. 전교 1등 이조이가 어떻게 발표할지 기대와 궁금증을 갖고 교실에 들어갔다. 조용했지만 어수선했다. 자리를 정돈시키고 수행평가 발표 준비를 마쳤다. 7반의 7조는 이미가, 이조이, 정준수였다. 3명이 앞으로 나올 때 이미 판은 끝났다. 학생회장 이조이에 반장 정준수 거기에 이미가로 한 팀을 이루었으니 우리 학교 드림팀 같은 분위기였다.

"안녕하세요? 저희는 트로이카예요." 이들은 가운데 세

손가락을 모아 활기차게 인사한다.

"저희는 현관 앞에 있는 주차금지 표지판을 통해 학생을 대하는 학교의 아쉬운 관행을 조사했습니다. 발표는 이조이, 작문은 이미가, PPT 제작은 정준수가 담당했습니다. 그럼 발표를 시작하겠습니다." 준수는 컴퓨터 앞으로 다가갔고 미가는 교실 뒤쪽으로 이동했다.

"여러분, 이게 무엇인지 아시죠? 아침마다 현관 앞에서 만나는 주차금지 표지판입니다." 꼬깔콘처럼 생긴 '주차금지 표지판'이 여러 개 놓여 있는 현관 앞 광경이 모니터에 나타났다. 아이들은 그게 뭐가 문제냐는 식으로 대수롭지 않게 앞을 응시하고 있었다.

"일상과 관행을 깨는 것이 철학이라는 말이 있죠. 우리는 우리의 철학을 갖고 있나요? 철학이 없이 나다운 삶을 살 수 있나요? 학교에서 너무나 익숙해서 아무 생각 없이 지나치는 일은 없나요? 여러분에게 묻습니다. 주차금지 표지판이 거기 있어야 할 이유가 무엇입니까? 표지판이 오가는 학생의 통로를 제한하고 우리를 일방으로 몰아가는 것은 아닌가요?" 또랑또랑 분명하고 호소력 있는 조이의 말에 아이들이 서서히 빠져들고 있었다. 나는 조이의 발표를 들으면서 미가가 작성했다는 발표문을 재빠르게 읽어 갔다.

현관 앞에 주차하는 일이 없는데 '주차금지'라는 표지판이 거기 있어야 할 이유가 있는가? 학생은 차가 아니다. 학생의 안전을 위해 차를 막고 싶다면, 학생이 다니는 통행로가 아니라 차로의 적당한 위치에 표지판을 놓아두면 된다. 지금 표지판이 있는 곳은 차량 통행도 없고 주차할 수 없는 장소이다. 명실상부라는 말이 있다……

"여러분, 주차금지 표지판은 아름다운가요? 저는 검은색과 노란색의 물결과 색감이 아름답지 않습니다. 우리의 미관을 해치고 표지판이 있는 곳이 바람길이어서 넘어지지 못하게 벽돌로 고인 모양새가 꼴사납습니다." 조이는 진문 생커 같은 톤으로 발표를 즐기는 아이 같았다.

학교는 학생을 일정한 간격으로 안전하게 등교시키는 데 필요하다고 한다. 등교시킨다? 학생들이 등교하는 것이다. 뭘 등교시키는가? 학생들은 통제의 대상이 아니다. 굳이 넓은 길을 좁혀서 한쪽으로 몰아가려는 사고방식이 오히려 더 불쾌하다. 우리는 고등한 학생이다. 인격체의 자율적 판단과 주체적 행동을 지지하고 격려하는 방향으로 학교는 돌아가야 한다.

주차금지 표지판을 보면서 아이젠하워를 떠올린다. 미국 34대 대통령 아이젠하워가 컬럼비아대학교 총장일 때의 이야기다. 어느 날 회의에서 학생처장이 "학생들이 잔디밭을 가로질러 다니니 적절한 규제를 해야 합니다."라고 건의했다. 그 어떤 해결책도 통하지 않아서 곤란한 지경이었다. 그러자 그 말을 듣고 있던 아이젠하워는 "학생들이 다니는 잔디밭에 길을 내주세요."라고 했다. 그게 일명 '아이젠하워 로드'이다.

"우리의 발표가 너무 나간 것이 아닌지 반문할 수 있습니다. 그러나 우리는 논리의 비약이라고 보기보다 학교의 관행 나아가 우리 사회의 단면이라고 말하고 싶습니다. 막으려 하지 말고 소통하며 길을 터주는 것이 더 중요한 것은 아닐까요? 어른들의 시선으로 학생들의 좋지 않은 행동을 나무라기보다는, 학생 스스로 생각하고 판단하며 행동할 수 있는 인격의 주체임을 존중하길 바랍니다." 조이의 발표에 몇 명의 아이가 손뼉을 쳤다.

"학교에서 결정하는 분들의 아쉬운 판단이 학교를 학교답지 않게 만들 수 있다고 생각합니다. 우리가 우리의 통행권이 제한당하는 것에 익숙하다 보면, 나중에는 사회에 나가서도 이와 유사한 현실을 둔감하게 받아들이게 되는 것은 아닐지 우려가 됩니다. 이상 발표를 마치겠습니다. 감사합니다."

이게 '명문고 고3의 수준인가?' 비판적 사고, 의사소통, 자기 성찰 역량 등 평가 영역 모두에서 만점을 줄 만큼 우수한 발표였다.

“자, 이제 조용. 다음 발표도 들어야죠. 주변 정리하고 1분 후에 8조 발표 듣겠습니다.” 8조의 조이화, 주성빈은 신나서 앞으로 나오는데 진성수는 부모 손에 이끌려 나오는 아이같이 머뭇거리며 마지못해 나오는 모양새다. 이렇다 할 인사나 역할 분담 없이 이화가 발표할 준비를 했고 옆에는 성빈이가 칠판을 보고 뒤돌아섰으며 성수는 앞문에 어깨를 붙이고 있었다.

“여러분, MBTI 아시죠? 우리 조는 여러분의 성격 유형을 분석해 보기로 했습니다. 오늘 발표가 끝이 아니라 시작이라고 생각하고 발표를 잘들어 주시기 바랍니다.” 조이의 발표를 들을 때까지만 해도 모든 판이 끝난 것 같았는데, 이화가 말하는 MBTI에 아이들이 솔깃한 것 같았다.

“MBTI의 시작, 외향성 E와 내향성 I를 알아보겠습니다. 외향과 내향은 에너지의 방향에 따라 구분됩니다. 에너지의 방향이 밖으로 향하면 외향성 E가 되는 것입니다. 말이 많고 생각이 커지는 유형으로 그 대표적인 예가 전현무 씨입니다. 자, 전현무 씨 모십니다.” 칠판을 보고 있던 성빈이는 갑자기 윗옷을 벗고 뒤돌아서며 마포를 든 채 다리를 벌리고 노래했다.

연예인 지망생 성빈이는 영화 〈보헤미안 랩소디〉 속 프레디 머큐리를 패러디한 전현무를 그대로 따라 했다. 학생들은 난리가 났다. 교복 속에 흰색 러닝과 검은색 테이프로 콧수염을 분장한 것이 압권이었다. 그런 친구들을 보면서 성빈이는 더 즐거워하는 것 같았다.

“자, 조용. 조용. 이제 내향성 만나 봐야죠. 에너지 방향이 안으로 향하는 내향성 I는 다른 사람들 앞에서 말하는 것이 편하지 않습니다. 긴장하고 말을 잘 못하며 오히려 글을 쓰는 편이 낫다고 합니다. 이종석 씨를 모십니다.” 아이들의 시선은 벌써 성빈이를 향하고 있었다. 성빈이는 콧수염 대신에 나비넥타이를 한 복장으로 말을 더듬거렸다.

"오늘 떨려서 청심환을 두 개나 먹고 왔어요. 제가 말을 잘 못해요. 아무튼 감사합니다. 오늘을 있게 해준 감사한 분, 나를 더 멋지게 만들어 주는 그분께 감사합니다." 연기대상을 탈 때 이종석 씨가 했던 행동을 흉내 냈다. 전현무 패러디만큼은 아니었어도 아이들의 반응은 뜨거웠다.

"외향적인 사람들은 동적이고 사교적이며 사람들과 함께 활동하는 것을 좋아합니다. 반면 내향적인 사람들은 정적이고 개인적인 공간을 좋아하며 말수가 적고 소수의 사람과 조용한 대화를 원합니다." 아이들은 이화의 말보다는 성빈이의 행동에 더 집중하고 있었고 성수의 존재는 잊은 듯했다.

"이제 우리 반 친구들을 판별해 보겠습니다. 방금 발표한 7조의 조이는 외향형이고 준수는 내향형입니다. 조이는 많은 친구와 어울리며 에너지를 얻고 준수는 혼자 있을 때 편안한 것 같습니다. 미가는 분석 중입니다. 저와 성빈이는? 외향형이죠." 그 와중에도 성빈이는 뭐라도 더 하고 싶은지 다양한 표정을 짓는다.

“나머지 N과 S, T와 F, P와 J의 특성은 유인물을 봐주시고요. 이후에 제가 우리 반 모두를 예리하게 관찰해서 MBTI 유형을 알려드리겠습니다.” 아이들은 모두 흥겨워했다. 정보 활용, 의사소통, 대인 관계 역량이 최고라고 생각했다.

나머지 2개 조는 다음 시간에 오늘 발표한 조처럼 잘 준비하라고 말하고 EBS 수능 특강으로 수업을 이어갔다. 내가 수업한 지 20여 분이 지나지도 않았는데 아이들의 무거운 머리는 책상 위에 올려지기 시작했다. 지식이 머리에 들어가지도 않았을 텐데, 수업은 아이들의 머리를 무겁게 하는 것인가 싶었다.

삶이 무미하다.

무슨 맛으로 인생을 사는지 모르겠다. 맛이 없는 반찬도 몇 개를 섞고 고추장에 썩썩 비비면 그런대로 먹을만한데 내 인생은 별맛이 없다. 18세 이후로 점점 심해졌다. 잠시 장밋빛 환상에 젖은 순간이 있었지만, 오히려 그 기억이 현존재를 옥죄올 때가 많다.

돌아보면 은혜의 집에서는 어렸지만 사는 맛이 났다. 저마다 사연으로 버림받은 처지였지만 동병상련의 마음으로 서로에게 상처를 주지 않고 의지하며 생활했다. 보육시설 선생님들은 모두 좋았다. 의미 없는 혈육 이상의 사랑을 느꼈다. 원치 않게 나이를 먹고 자립정착금 500만 원에 세상으로 내몰리기 전까지가 좋았다. 대학에 진학하고 시설에서 나올 때 동생들의 눈초리가 애처로워 2백만 원을 원장님께 드렸다. 정부는 자립이 무슨 말인지 모르는 것 같았다. 구걸할 정도의 힘만 있으면 자립할 수 있다고 생각하는 것인지, 속이 끓었다. 한 번 시주하고 헌금이라도 하면 정착할 것이라고 여기는 것 같았다. 그나마 나는 상황이 좋은 편이었다. 부모 얼굴을 모르지만 어떤 유전자가 들어왔는지 기억력이 좋아서 제법 공부를 잘했고, 지방 국립대 장학생으로 기숙사에서 배곯지 않고 생활했다. 그때가 좋았다. 자립하고 동생들에게 도움을 주는 선한 영향력을 꿈꿨다. 희망찬 젊음과 인생을 노래에 실었다.

지금은 노래하지 않는다. 아니 노래할 틈과 여유가 없다. 노래는 이제 사치 같다. 학교에 고용되면 안정적인 기간제 교사였지만 그렇지 않은 날들이 더 많았다. 일이 없을 때는 주로 식당 주방에서 불판과 식기를 닦았다. 먹지도 못하는 고기 냄새에 취했고 집에 오면 붉게 익은 얼굴에 오이를 붙였다. 졸다가 입으로 들어오는 오이를 씹을 때 눈물이 흘렀다. 누구라도 알아볼까 봐 전철을 타고 멀리 이동해서 일했고 글쓰기 재주로 기사 작성과 댓글 아르바이트를 했다. 여러 사이트에 가명과 필명을 걸어놓고 팀장이 보내는 사진과 글을 옮겼다. 위법이라는 생각이 드는 것은 순간이다. 돈을 모아 놔야 딸 앞에 당당하게 설 수 있다는 일념이었다. 처음에는 성공해서 딸을 찾아오겠다는 생각이었지만 지금은 그 꿈을 접었다. 단지 아빠와 사는 딸에게 엄마로 불리면 좋겠다는 꿈을 꾼다. 딸은 어렸을 때부터 선생님을 잘 따르고 좋아했다. 누군가를 잘 따라 했고 아는 것을 가르치려 했다. 엄마에게서 받지 못한 사랑의 결핍을 고용된 선생님의 애정으로 감정의 저금통을 채우는 것 같아 안쓰럽다. 아마도 엄마라는 이름으로 살지 못하는 나만의 생각일 것이다. 명륜고 기간제 계약에 서명하는 날 그늘진 응달에 피어난 자목련 아래에서 찍은 사진을 전남편에게 보냈다. 내 아이가 엄마를 좋아해 주기를 바라는 마음에서 그럴듯하게 웃음 지으며 사진을 찍었다.

아침 시간 교문 앞은 분주하다. 학교를 들어설 때 동병상련의 마음으로 반갑게 인사를 나누는 사람이 학교안전지킴이이다. 이른 시간부터 학교안전지킴이가 통행과 안전을 지도한다. 우리 학교 지킴이는 전직 경찰이었다고 했다. 1년 단위로 계약하는데 능력과 성실함을 인정받아 벌써 3년째 근무하고 있다고 했다. 투철한 직업의식으로 교문 앞에 학생을 하차시키는 학부모와 마찰을 빚는 장면을 봤다. 그런데 어떤 학부모의 차를 보면, 깍듯이 인사를 하고 차가 완전히 사라질 때까지 고개를 숙이는 장면도 여러 차례 봤다. 안전지킴이의 리스트에 올라 있는 차량이 다가오면 안전봉을 들고 도로 앞으로 나가서 저지한다.

오늘은 스승의 날이라 차들이 더 많이 드나들 것이다. 평소보다 힘든 하루가 될 것 같아 좀 더 따뜻하게 인사하고 별관에 있는 상담실로 향했다. 수업을 마치고 사무실에 앉아 있을 때는 내가 진짜 교사일까 생각한다. 내 딸에게만은 선생님으로 보이면 더 바랄 것이 없겠다는 정도의 감정으로 정리하고, 딸 앞에 정규직 교사로 서는 날을 꿈꿨다.

이른 아침부터 교실이 시끌시끌하다. 요란스러운 반은 건물에 현수막을 걸고 현관부터 복도까지 선생님 스티커를 붙였다. 교실마다 칠판 가득히 낙서로 스승에 대한 사랑을 표현했고 천장에 풍선이 주렁주렁 열렸다. 매시간 스승의 은혜를 들었다. 담임과 교과 담당 교사를 가리지 않고 수업 시간에 뮤직비디오를 보자고 하고 알지도 못하는 게임을 하자고 조른다. 교실을 다녀온 어떤 담임은 케이크를 얼굴로 먹었고 터진 폭죽으로 인해 레게 머리가 된 선생도 보였다. 나는 미가가 보내 준 꽃다발과 손 편지가 유일했고 상담실장은 어떤 것도 받지 못해 불편한 심기를 드러내다 조퇴해버렸다. 스승의 날에 상담실은 초라했다. 우리 반도 비슷했다. 담임 같지 않은 담임이라 조용했다. 교실을 나오면서 귀가 전에 책상 정리 깨끗이 하라는 말만 했다. 미가처럼 책상 정리가 잘되어 있어야 한다고 전체 앞에서 한 학생을 칭찬했다.

느닷없이 세종대왕이 싫어졌다. 세종이 한글을 만들지 않았다면 스승의 날도 없었을 것이라는 생각이 떠올랐다. 어린아이가 떼를 쓰는 정도의 사유로 세종이 원망스러웠다. 만원 지폐는 좋지만 세종대왕은 보고 싶지 않다. 세종이 한글을 창제하지 않았다면 후손들은 아마도 중국어를 사용했을 것이다. 그렇다면 중국어의 힘으로 지금처럼 우리나라가 영어를 그렇게 중시하지 않았을 것이다. 고등학교 때 나를 애먹인 과목이 영어였다. 단어를 외우고 문장을 해석하고도 이해가 가지 않는 부분이 있었고 영어 듣기는 내게 취약이었다. 영어만 아니었어도 나는 서울에 있는 대학을 다녔을 것이다. 괜한 트집을 잡는 것을 보니 내 삶이 제대로 망가져 있구나 싶었다. 다시 정신을 가다듬을 필요가 있었다.

요즘 나의 기분을 잡치는 것은 상담실장 패거리이다. 정년퇴직을 손꼽아 기다리는 전주미 부장, 진로진학부 성계순 부장, 학생부 생활지도계 가미자 교사, 3학년 담임 황자영 선생은 1일 1회 이상 상담실에 드나든다. '오블리주'라는 전문적 학습공동체를 만들어 놓고 한 번씩 모여 다과를 즐긴다. 학교 일에는 무관심하면서 자신들과 관련이 있는 일신상의 문제에서 양보라고는 찾아볼 수 없는 인간들이다. 거의 매일 점심 식사 후 모여서 나에게 커피를 내려달라고 한다. 상담실이 카페도 아니건만 나를 알바생 정도로 취급한다. 편해서 그런다고 하면서 아메리카노를 주문하더니 이제는 카페라테까지 공공연히 부탁한다.

오블리주가 상담실에 오지 않으면 내 마음에도 평안이 온다. 스승의 날이라고 5분 단축 수업을 해서 3시 반에 일과가 끝나고 미가가 청소하러 문을 빼꼼 열었다.

"오늘은 청소 없다. 그리고 꽃 고맙다."

"예." 대답해 놓고는 동요하지 않는다.

"왜, 무슨 할 말이라도 있니?"

"아니요." 힘없이 말해 놓고 고개를 돌려 출입문을 보더니 다시 나를 응시한다.

"이리 와 봐. 무슨 일이 있지? 말해 봐. 시험 못 봤어?"

"아니요. 별것 아니에요." 늘 밝게 웃고 상담실을 따사롭게 만들던 아이가 뭔가를 망설이는 것 같았다. 입을 삐쭉거리더니 윗니로 아랫입술을 문다.

"별것 아니라고? 그건 내가 판단하는 거고. 별것은 있는 거잖아, 그 별것이 뭐야?"

"아니에요." 이번에는 뒤로 돌아 나갈 태세여서 손을 잡아끌었다.

"제 자리에 침이 있어요."

"침? 네 자리에?"

"예. 처음에는 바닥에 있었는데요. 오늘은 책상 위요."

"뭐, 책상 위에? 이리 와." 일그러지는 미가의 얼굴을 보고 잡았던 손을 놓으며 밀실로 방향을 틀었다. 상담실 안에 별도로 만들어진 상담 공간이다. 사각형의 작은 창 위에 '해우(解憂) 해우(海宇)'라는 녹색 글씨가 붙어 있다.

"선생님, 사랑해요." 미가는 느닷없이 사랑 타령을 하고 잽싸게 돌아 사무실을 나갔다.

'침?' 침이 뱉어져 있을 미가 책상을 떠올렸다.

'으~!' 식당에서 일할 때, 숨을 돌리려 주방 뒷문으로 나가면 볼 수 있던 바닥에 뭉쳐있고 말라비틀어진 누런 것들과 담배꽁초가 눈앞에 떠올랐다.

"아이, 더러워." 어깨가 위로 솟고 고개가 흔들리며 작은 몸서리가 쳐졌다. 순간 사무실 바닥과 내 책상 위를 봤다. 침은 없었다.

밖에서 소리가 들린다. 아이들이 귀가하는 모양이다. 창가로 갔다. 삼삼오오 교문으로 나가는 아이들이 보였다.

교문 쪽으로 기울어진 길을 즐겁게 나선다. 아이들은 등교할 때 오르막이라 다리에 알이 밴다고 불평하는 경사길이다. 아이들이 쏠려 빠져나가고 있다. 하수구의 물처럼…….

아이들이 다 빠져나가고 빈 교실을 다녀왔다. 여전히 정리되지 않은 공간이었다. 미가의 책상 주변은 정돈되어 있었다. 책상 위에 침은 없었다. 누가 침을 뱉었을까 상담실에서 생각에 빠졌다. 우리 반에 담배 피는 녀석이 있나, 미가를 싫어하는 아이가 있을까, 다른 반 아이들이 들어왔을까……. 이런저런 생각을 하는데 밖에서 노크하는 소리가 들렸다.

"예, 들어오세요."

"선생님, 안녕하세요." 조이였다.

"어, 학생회장님이 어떻게 여기까지."

"스승의 날이잖아요."

"그렇다고 네가 여기 올 위인은 아닌 것 같은데. 어서 용건을 말해봐."

"수행평가 다 하셨어요? 우리 조 발표는 어땠어요?"

"뭐 말할 필요 없을 것 같은데……." 누가 봐도 최고의 발표를 했는데 돌다리도 두드리며 건너겠다는 심리인가 싶었다.

"잘했죠? 그런데요. 이화가 발표한 MBTI는 유튜브에 올라온 내용 그대로예요. 그걸 있는 그대로 발표하는 것은 도둑질이죠. 최하점을 줘야 한다고 미가가 난리예요. 걔가 선생님께 온다는 것을 제가 말렸어요. 친구끼리 그걸 고자질하는 것은 아니라고 생각해서요."

"미가가 그랬어?" 뭔가 망설였던 미가의 표정이 떠올랐다.

"예. 저랑 미가만 아는 일이니까요. 비밀이에요. 선생님." 검지를 입술에 대며 말했다.

"그래, 알았다. 미가가 그랬다고?"

"선생님, 스승의 날 축하드립니다." 그러고는 책상 위에 봉투를 두고 내 반응을 보지도 않고 뒤돌아 나갔다. 봉투를 열어보니 백화점 상품권과 '귀여운 영서 예쁜 옷 사주세요.'라는 메모가 있었다. 순간 소름이 돋았다. 내 딸 이름을 누구에게도 말하지 않았는데, 조이는 어떻게 내 딸을 알았을까? 상품권은 눈에 들어오지도 않았고 발가벗긴 채 광장에 놓인 기분이었다. 그때 전화가 왔다. 전남편의 번호였기에 전화기만 들고 말을 하지 않았다.

"……."

"……." 그쪽도 말을 하지 않고 있었다.

"왜요?" 결국 내가 먼저 말을 해 버렸다.

"영서가 유치원에 입학했어."

"알아요." 사진을 보내줘서 이미 알고 있는 내용이었다.

"당신하고 남남이어도 영서를 엄마 없는 아이로 키우고 싶지 않아서."

"엄마가 이렇게 당당히 잘 살고 있는데 엄마 없는 아이라니 그게 말이야?" 갑자기 핏대가 섰다.

"왜 소리를 지르고 그래? 알았어. 알았으니까, 우리는 나중에 말하고 영서 바꿔줄게." 뭔가 작은 소리가 들리더니 이윽고 전화기 속에서 상상하던 똑같은 목소리가 들렸다.

"선생님, 엄마!"

"……." 말을 할 수가 없었다.

"오늘 선생님 꽃 줬어. 엄마도 선생님이라고 해서 아빠가 전화해 줬어요."

"우리 영서 많이 컸네. 전화도 할 줄 알고."

"응, 영서 많이 컸어. 근데 엄마는 영서 안 보고 싶어?"

"보고 싶어."

"근데 왜 안 와?"

"응, 언니들 가르쳐야 해서."

"언니들 엄마 말 안 들어? 난 선생님 말 잘 듣는데."

"응. 언니들도 영서처럼 엄마 말 잘 들어."

"아빠가 그러는데 영서, 엄마 닮았대."

"엄마 딸인데 많이 닮았지."

"엄마 눈 보고 싶어."

"응, 엄마도 영서 눈 맞추고 싶어."

"예쁜 영서 눈 보러 와. 그럼 되잖아."

"응, 그럴게."

“엄마, 나 잠 안 올 때 노래 불러 줄 수 있어?”

“그럼, 그럼. 엄마가 영서 배 속에 있을 때 노래 아주 많이 해 줬어.”

“그럼 지금 해 줘.”

“음…….” 노래를 해줄 수가 없었다. 다시 호흡을 가다듬는 데 산통을 깨는 목소리가 들렸다.

“다음에 연락할게. 건강하게 잘 지내.”

“뭐, 건강하게 잘 지내라고?”

“끊어. 영서 생일에 다시 전화할게.” 그러고는 진짜 통화가 끊겼다. 다시 바로 전화하고 싶었지만 뭔지 모를 복받치는 감정에 휴지를 집어 들었다. 긴 시간 꽤 많은 휴지를 소비하고서야 어둠 속에서 상담실을 나올 수 있었다.

“영진 씨! 아이스로 부탁해!”

“나는 라떼로!”

바쁜 척하는 내 모습을 보면서도 아무렇지도 않게 커피를 주문한다. 별 반응을 하지 않고 컴퓨터만 보고 있었다.

"자기야, 뭐해? 여기 라떼 세 잔! 힘드니까 모두 아이스로 통일!" 자기 기분에 따라 호칭을 마음대로 바꾸는 전주미 선생의 말에 어금니를 다물고 눈꺼풀을 감은 채 반응하지 않고 있었다. 속으로 나는 자기도, 영진 씨도 아니고 내 딸이 자랑스러워하는 오영진 선생님이라고 외치고 싶었다. 긴 한숨을 내뿜고 냉장고에서 얼음과 우유를 들고 개수대로 갔다. 포트 버튼을 누르고 원두를 갈았다. 왼쪽으로 꾹 쥐고 오른손을 바삐 돌렸다. 다문 입에 아래턱의 힘이 빠지질 않았다. 식기 세척기 안에 있는 저들의 전용 컵을 닦았다. 그러다 입속에 고인 침이 나왔다. 흐르는 물에 두어 번 뱉었다. 산미가 풍부한 에티오피아 시다모 워시드의 향이 좋았다. 그것만 좋았다. 커피와 얼음을 컵에 넣고 침을 뱉었다. 나도 모르게 뱉고 나서 이유를 붙였다. 나를 영진 씨라고 부른 성계순과 자기야라고 부르는 전주미에 대한 보복이었다. 황자영은 아무 생각 없이 그들과 어울리는 것에 대한 응징이었다. 소리 없이 호응하는 자가 더 악질일 수 있다. 손도 대지 않고 코를 풀려는 자가 더 나쁠 수 있다. 이어서 우유를 붓고 몇 번을 저었다. 브라운과 흰색이 아밀라아제와 그럴싸하게 뒤엉켰다.

"맛있게 드세요." 평소보다 상냥한 말투로 쟁반에서 잔을 내리고 자리로 돌아왔다. 당연하다는 듯 저들은 나를 의식하지 않고 수다를 떨고 있었다. 5교시 시작과 함께 자리에서 일어나 나가면서 한마디씩 한다.

"오늘 라떼, 최고였어."

"다음에도 오늘처럼 부탁해요. 하하."

호들갑스러운 인사가 끝나고 사무실은 잠잠해졌다.

"자기야, 바빠? 잠깐 이리 와봐!" 자기야라 부르니 분명 부탁할 일이 있는 것이다. 말로 다 이루는 전주미는 자기 필요에 따라 호칭이 달라진다는 것을 알고 있으려나 싶었다.

"자기 노래 잘하지? 대학교 때 밴드 했었잖아?"

"예, 노래한 지 오래돼서 다 잊었어요."

"썩어도 준치라는 말이 있잖아. 부탁이 있는데 들어줄

수 있지?" 선뜻 대답이 나오질 않았다.

"자기야, 왜 그래? 다 해줄 만하니까 부탁하는 거야. 나 무리한 것 부탁하는 그런 무례한 사람 아니다." 무례한 일을 많이 하니 자신이 무례하다는 것을 모를 것이다. 역치에 도달하지 않은 나는 반응하지 않고 어떤 말을 하는지 귀만 열고 있었다.

"내가 우리 학교 밴드 지도교사잖아. 그런데 내년에 정년이라 후임자를 찾고 있어. 자기는 밴드 경험이 있고 앞으로 쭉 동아리 지도할 수 있으니까, 이참에 밴드 지도교사 하는 게 어때? 자기만 좋다면 내가 교감한테 말할게. 자기를 이 학교에 계속 있게 할 명분도 생기는 것이고." 어쩐 일인가 싶었다. 내가 이 학교 정규직 교사만 된다면 무슨 일이건 하겠다고 다짐했기에 갑자기 귀가 열렸다.

"지금 전통이 있는 우리 학교 밴드가 위기야. 리드 보컬이 예고로 전학을 가서 공연할 수가 없어. 밴드의 반은 보컬이잖아. 난세에 영웅이 탄생하는 거야. 자기가 한번 나서서 해줘."

"제가 뭐 할 수 있는 게 없는데요."

"무슨 말이야. 나는 자기가 진흙 속에 진주인 것을 벌써 알고 있었잖아. 그래서 우리 학교로 부른 거고. 일단 보컬을 뽑아야 해. 2학년 대표가 알아서 할 건데, 자기가 일단 지도교사로 관여해 봐. 보컬을 뽑고 지도해서 12월 축제를 멋지게 빛내면 자기는 우리 학교 밴드 지도교사에 정규직 국어 교사로 임용이 될 거야. 내가 학교 나가기 전에 힘써 볼게. 나 한다면 하는 사람이다."

"선생님께서 밀어주신다면 열심히는 하고 싶어요." 정규직 교사가 된다는 희망에 말투가 비굴해졌고 침을 뱉은 것이 후회됐다.

전주미 선생은 밴드 동아리에 대해 자세하게 설명을 해줬다. 20년 이상 전통을 이어온 밴드 동아리 '시그너스'의 인기는 최고였다고 한다. 시그너스 18기 건반을 치던 조이가 학생회장을 하는데 동아리의 인기가 한몫했다고 했다. 그런데 요즘 아이들은 학교 행사와 축제를 위해 많은 시간을 투자해야 하고 팀원 간의 단합을 강조하는 문화를 싫어한다고 했다. 지금은 댄스 동아리의 인기가 최고라고 했다. 밴드부의 전통을 이어가고 지금의 난국을 풀어가기 위해서는 밴드부를 잘 알고 열정을 지닌 교사가 필요하다고 했다. 재단에서도 상담실장이 나를 추천해서 밴드부 지도교사로 물망에 올랐다고 했다. 처음에는 정규직 교사로 임용될 수 있다는 희망에 기뻤으나, 시간이 흐를수록 계약직 교사라는 불안정한 신분 때문에 결국 학교의 요구를 수용하게 되는 것이라고 생각하게 되었다.

리드 보컬 모집 공고를 내고 그럴듯한 포스터를 학교 곳곳에 게시했다. 다행히 1학년 여섯 팀과 2학년 세 명 그리고 3학년 두 명이 선발에 응했다. 1학년 중 네 팀은 아이돌처럼 춤을 췄지만 노래 실력은 형편없었고 한 팀은 래퍼를 흉내 내다 가사를 버벅거렸다. 2학년 한 명은 개그맨같이 웃겼다. 티를 내지 않으려 했지만 결국 웃음보를 터트렸다. 인기상을 줄 만했지만, 보컬은 아니었다. 다른 두

명은 모두 훌륭했다. 남학생의 음색은 개성 있었고 여학생은 고음이 매력적이었다. 3학년이 오디션에 참가한 것은 의외였지만 수준은 남달랐다. 신민수는 기획사 예비 연습생답게 노래와 무대 연출까지 흠잡을 데가 없었다. 단지 학교에서 노래할 것 같지 않았다. 경연을 마치고 친구들을 매니저 삼아 웃으면서 바로 퇴장했다. 그냥 민수는 자신의 기량을 뽐내기 위해 참가한 것 같았다. 미가는 보컬 오디션에 어울리지 않는 노래를 했다. 선곡에 놀랐고 노래에는 반했다. 170에 가까운 키와 가녀린 몸매에 마이크를 두 손에 움켜쥔 채 두 눈을 감고 읊조리듯 노래하는 모습 자체가 감동이었다. 고음에는 가슴 깊은 곳이 가시로 찔리는 기분이었다. 진심이 닿는다는 것이 이런 것일까 싶었다.

엄마가 되고 나서 노랫말이 더 가슴을 후볐던 노래 〈가시나무새〉를 미가가 불렀다. 가사가 아니고 미가가 그냥 가시나무새 같았다. 미가 노래가 내게는 최고였지만, 밴드부 보컬로는 2학년 2명이 어울릴 것 같다고 판단하고 상담실로 돌아왔다. 오후 내내 내 귓가에는 〈가시나무새〉가 반복

재생되었고 넋 나간 사람처럼 뇌리에는 미가의 노래하는 모습만이 머물렀다.

일과를 모두 마치고 시그너스의 보컬이 누구로 결정되었을지, 2학년 대표가 어떤 결정을 했을지 궁금했다. 2학년 남학생과 여학생 누구여도 좋겠다고 생각하고 있었다. 벌써 결정했을 것 같은데 2학년 대표는 오지 않고 있었고 청소하러 미가와 준수가 들어왔다. 그리고 뒤 이어 바로 조이가 왔다.

"어서 와. 우리 학교를 이끄는 트로이카 이쪽으로 앉아 봐라." 아이들이 차례대로 소파로 모였다.

"선생님, 오늘 미가 노래 잘했어요?"

"준수야, 너도 응원했어야지. 미가는 이제 내 절친이자 시그너스 후배다."

"조이야, 네가 보기에는 미가가 1등이라는 거지?"

"예, 선생님. 경연은 진정성이잖아요. 능력, 노력보다는 절실함과 간절함이 가져오는 진정성. 내 친구 미가가 최고죠."

“조이가 그렇게 평가해 주니 미가는 좋겠다. 친구가 좋네. 그러나 결과는 모르는 거니 기다려보자.”

“제가 미가 베프잖아요. 선생님, 미가를 보컬로 임명해 주세요. 미가가 얼마나 노래하고 싶어한다고요…….”

“선생님은 할 수 있는 게 없어. 동아리 대표가 결정해 오면 전주미 선생님께 잘 전달할게. 미가야, 노래하고 싶어?”

“예, 노래하고 싶어요.”

“노래하고 싶으니까 경연에 참여한 거죠. 답답하시네요.” 갑자기 튀어나온 조이의 답답하다는 말에 기분이 상했다.

“선생님, 미가는 3학년이고 공부해야 하잖아요. 미가가 노래를 좋아해도 밴드 보컬은 아니라고 생각해요.”

“야, 미가가 노래하고 싶다잖아. 뭔 다른 이유가 있어? 나는 무조건 미가의 뜻을 존중한다. 미가야, 노래해.”

“우린 3학년이고 공부해서 학교 추천도 받아야 해.”

“알았다. 너희들의 생각은 알겠고. 대학은 다 잘 갈 수 있지?”

"저는 수능이요. 조이는 1등이니까 서울대 지역균형 추천을 받을 거예요."

"아니. 현재까지 일등은 미가야. 미가는 전학 오기 전까지 올 1등급이야. 나는 1학년 때 수학이 하나 나갔고 2학년 때는 윤사(윤리와 사상) 망했어. 지금은 미적분이 불안해."

"선생님들이 조이가 독보적인 1등이라던데, 미가가 복병이구나. 둘이 선의의 경쟁을 해 봐라." 그때 청소 시간이 끝나는 종소리가 울렸다.

"자, 이제 교실로 가자. 준수가 종례해라. 뒷정리 잘하라고 해." 아이들이 돌아갔다. 그리고 퇴근 시간이 다 되어서 2학년 시그너스 동아리 대표가 심사 결과를 적어 왔다.

예상과는 달리 1등이 이미가였고 2등은 한승환, 3등은 강규리였다. 강당에서 분위기는 2학년이 더 좋았는데 미가가 1등 한 것이 좀 의아했다. 조이의 힘이 작용했나 하는 생각이 스쳤다. 미가가 노래하는 것은 좋은데 3학년이라는 것이 걸렸다. 곧 있을 체육대회 공연 준비부터 후배들과 호흡을 맞춰 연습하려면 많은 시간을 빼앗길 것이다.

내일 불러서 다시 이야기하기로 마음먹고 퇴근했다. 버스를 기다리면서도 가시나무새가 마음에 날아와 떠나지 않았다.

조례를 마치고 미가에게 교무실로 오라고 말하면서 교실을 나왔다. 1교시가 시작되는데 미가는 오지 않았다. 숙제가 있나 생각했다. 2교시 쉬는 시간에 조이, 미가, 이화가 손을 잡고 상담실로 왔다.

"선생님, 저희 자율 동아리 지도교사 해주세요." 이화가 얼굴에 함박웃음을 머금고 느닷없이 던진 말이었다.

"3학년이 무슨 동아리를 해?"

"선생님, 졸업 전에 추억을 만들어야죠. 설렁설렁할 거예요. 얘네들은 공부해야 하니까 활동은 제가 다 할 거예요."

"이화야, 너는 공부 안 해? 대학 안 가?"

"선생님, 학급에서 자율 동아리 만들어 활동하면 학생부 자율활동에 기록할 수 있고 대입에 도움될 수 있어요.” 조이는 오늘도 결론을 내놓고 나를 가르치려 한다.

“미가 밴드 보컬도 말리려고 했는데.”

“제가 잘할게요. 미가랑 조이도 한다고 하잖아요. 선생님!”

“무슨 동아리인데?”

“명륜고 MBTI 상담실입니다.” 이화는 내내 싱글벙글이다.

“수행평가 때 발표한 MBTI, 그거? 회원이 있어?”

“그럼요. 조이는 회장, 제가 부회장 그리고 미가, 준수, 성빈이 이렇게 5명입니다.”

“일단 알았다. 예비종 울렸어. 교실로 가. 그리고 미가는 잠깐 남아 봐.”

“선생님. 미가 사문(사회문화) 발표예요. 저희 모두 프젝실(프로젝트실)로 바로 가야 해요.” 조이가 급히 끼어들면서 단호하게 말했다. 의아했다.

“그래, 알았다. 들어가라.”

매사 분명한 조이가 깔끔해서 좋았는데 알아갈수록 마

음에 뭔가 켕기는 것이 있다. 생각해 보니 상품권도 돌려 주지 않았다. 영서 전화에 정신이 팔려 상품권을 어디에 뒀는지 기억나지 않았다.

학교라는 공간이 점점 좋아지고 명륜고에 적응되는데 아이들은 나에게서 멀어져 가는 느낌이다. 고3이라서 그렇다고 위안 삼아 봐도 잠시뿐이다. 본질에 충실하지 않고 제자리를 잡는다는 것은 불가한 일 같다. 내가 수업하고 있지만 시험 문제를 출제하지 않는다는 소문이 돌아서인지 학생들의 수업 태도가 눈에 띄게 나빠지는 것 같았다. 그나마 우리 반은 다른 반보다는 양호했다. 우리 반은 이전 담임이 한 명씩 5분단으로 구성해서 자리를 배치했다. 운동장 쪽 5분단에는 화장이 나보다 짙은 아이가 있고 레깅스를 입고 등교하는 아이가 둘 있다. 무슨 일을 하는지는 몰라도 정신을 놓고 잠을 자기에 눈을 마주친 기억이 없다. 4분단은 예체능 아이들로 학교에서 잠을 보충하고 학원에서 늦은 밤까지 에너지를 쏟는 그룹이다. 1분단은 눈을 뜨고 나를 보고 있지만 유체 이탈이라도 한 듯 정신이 우주에 가 있는 아이들 같다. 2분단은 그냥 성실해서 수업을 듣는 아이들이다. 3분단은 대입 경쟁에 뛰어든 수험생들로 과몰입하는 아이들이다. 그중에 준수, 미가, 조이가 있었는데 조이는 내 수업을 듣지 않는다. 국어 실력이 뛰어나서 그러려니 했다.

수업 시간에 제일 밝은 얼굴로 리액션을 하는 학생은 미가이다. 눈이 초롱초롱하다. 너무 맑아서 슬퍼 보일 때도 있지만 큰 눈과 긴 눈썹이 매혹적이다. 미가에게 할 말이 있으니 상담실로 오라고 했다. 미가는 집에 가봐야 한다고 하면서 내일 상담해도 되느냐기에 그러라고 했다. 목요일은 6교시까지 수업이라 7교시에 상담하면 된다.

개수대와 소파 주변을 정리하고 화장실에 갔다가 교실에 가 보았다. 교실에서 웃음소리가 들렸다. 준수가 칠판에 분필로 수학 문제를 풀면서 뭐라고 설명한다. 칠판을 개인용품처럼 자유롭게 이용해도 되나 싶었다. 앞문으로 가까이 가니 준수 앞에 조이가 앉아서 필기하면서 설명을 듣고 있었다. 배워서 나누는 모습이 아름다웠다. 수학 천재로 불리는 준수가 수학이 약한 조이를 가르치려고 칠판을 이용하는 것이라니 너그러움이 생겼다.

중간고사 시험 결과가 모두 나왔다. 조이가 평균 점수로는 전체 1등이었다. 미가는 전교 15등이었는데 수학과 영어를 제외하고 전 교과 100점이었다. 준수는 수학과 영어가 100점이었는데 암기 과목 성적이 낮아 반에서는 3등이었지만 전교권에서 벗어났다. 담임이라면 내신과 대입 상담을 하는 시기인데 나는 한가하다. 우리 반의 대입은 3학년 부장이 하기로 약속이 되어 있다. 학급 아이들의 진로와 학생부 기록을 3학년 부장에게 위임한다는 것이 나의 세 번째 계약 조건이었다. 시험 출제를 안 하고 학급 아이들 지도와 대입에 관여하지 않으니 사실상 3학년 담임이라고 할 것도 없다. 바삐 움직이는 3학년 담임을 보면 미안한 생각이 들었다. 시험 출제, 학급 관리, 대입 지도를 하지 않는다는 기간제 교사 계약 조건이 시간이 지날수록 이상하다는 생각이 들었다. 그러나 나는 이상하다는 생각이 들 때마다 다시 마음을 다잡고 정규직 교사 임용이 되어야 한다는 목표를 되뇌었다.

시험이 끝나고 학교는 체육대회 준비로 시끌시끌하다. 점심시간과 체육수업 시간에는 줄다리기 예선을 하고 학생들은 시간을 내서 단체 줄넘기를 한다. 쉬는 시간에 복도를 지나면 교실 컴퓨터를 틀어놓고 춤을 연습하는 반이 늘었고 일과 후 강당을 이용하는 아이들의 경쟁도 치열해지고 있었다. 그에 비하면 3학년 교실과 나는 한가하다.

운동장에는 이종구 선생님이 줄다리기 줄을 끌어내고 있었다. 거대한 뱀이 똬리를 튼 것 같은 줄을 혼자 끌어내는 광경이 힘겨워 보였다. 그때 미가가 헐레벌떡 씩씩하게 들어왔다.

"옷 잘 어울리네. 멋지다."

"체육대회 때 공연 옷이에요."

"체육대회? 시그너스 공연? 벌써 시작한 거야?"

"공연 경험이 없어서 연습을 많이 해야 해요."

"그래, 잘하려 하지 말고 네 노래를 하면 되는 거야." 용건은 따로 있었지만, 영양가 없는 말로 시간이 흐르고 있었다.

"미가야, 이화랑 하는 자율 동아리는 어때? 선생님 MBTI는 뭐 같아? 외향형, 내향형?"

"선생님은 내향형입니다."

"그걸 어떻게 알아?"

"교실에서는 밝고 환하게 저희를 대해 주시지만, 상담실에서는 다르게 보여요. 해가 밝을수록 그림자가 짙잖아요."

"뭐, 난 그림자 그런 것 없다."

"귀신이세요?"

"그래, 귀신이다. 귀신처럼 산다. 너는 별일 없니?"

"늘 별일이죠. 일상이 없어요." 툭 터져 나온 미가의 진솔한 대답에 나도 덩달아 진지해졌다.

"음. 미가야, 전학을 와서 친구들 관계는 어때? 잘 지내지?"

"친구 없어요."

"왜 그래? 조이도 있고 너를 좋아하는 아이들이 많잖아. 음, 만약에 친구가 나쁜 짓, 거짓말을 했어. 그럼 어떻게 할 거야? 선생님께 와서 말해 줄 거야, 아니면 친구 편이 될 거야?"

"친구라면 친구랑 말을 해야죠. 밖으로 이야기할 필요는 없죠. 더구나 잘못한 일이라면 친구랑 이야기하고 그 이야기는 절대 발설하지 않을 거예요."

"의리파네. 교실에서 친구가 잘못했어. 그럼 담임에게 말을 할 거야?"

"그것도 말 못해요. 담임 선생님이 알 수 있도록 신호를 줄 수는 있어도 말씀을 드리지는 않을 것 같아요."

"미가야, 지난번 수행평가는 어땠어?"

"뭐가요?"

"뭐, 할 말 없어?"

"할 말이요? 공정하지 않다 정도요."

"그렇지, 뭐가 공정하지 않다고 생각하는데?"

"조 편성이 공정하지 않잖아요. 제가 7조지만 이미 조 편성에서 승부가 났잖아요."

"번호대로 3명씩 묶은 건데, 뭐가 불공정해. 그거야말로 공정하지."

"자연적 우연성을 그대로 두는 것이 불공정한 거죠. 우연히 어려운 한부모 가정에서 태어난 자녀와 회장님 아들로 태어난 아이가 그 어떤 조정도 없이 경쟁하는 것이 공정한 건가요?" 조용하던 미가의 얼굴이 붉어지기 시작했다.

"그래, 알았어. 미가야, 너처럼 모든 것을 가진 부잣집 아이가 그런 생각을 할 것이라고는 생각하지 못했어."

"우리 반 19번, 20번, 21번을 묶은 것이 우연일까요?"

"그게 무슨 말이야?"

"선생님께서 오시기 전에 이미 조 편성이 된 거잖아요." 의도치 않은 방향으로 대화가 이어져서 화제를 틀었다.

"그래. 알겠고, 사실 내가 너를 부른 것은 보컬 문제야. 고3 내신이 중요한데 한눈팔 시간이 없을 것 같아서. 조이처럼 하던 일도 내려놔야 할 것 같아서. 그리고 나는 네 노래가 가장 좋았지만 그렇다고 보컬 경연에서 네가 1등이 된 것도 좀 석연치 않고. 엄마가 뭐라고 안 하셔?"

"하시죠. 노래하라고요. 네가 하고 싶은 노래 마음껏 하라고요."

"그래? 미가의 자신감은 엄마 때문이었구나."

"선생님, 저기 밖에 몇 반이 이길 것 같아요?" 미가가 시선을 돌려서 자리에서 일어나 운동장이 보이는 창으로 갔다.

"저쪽이 이기겠네. 덩치가 훨씬 크네. 간격도 좋고. "

"아니요. 저는 반대예요."

"네가 그걸 어떻게 알아, 내기할래?"

"내기요? 좋아요. 무슨 내기요?"

"올해 안에 소원 하나 말하면 들어주기."

"좋아요, 선생님. 시작했어요." 응원하는 반이 생기니 내 몸에 약간 힘이 들어갔다. 첫 판은 미가가 선택한 반이 이겼고 둘째 판은 내가 응원하는 반이 이겼다. 이제 결판이 나는 세 번째 판이다.

"이번에는 누가 이길 것 같아?"

"선생님이 응원하는 반이 이기겠네요." 셋째 판은 미가 말대로 내가 응원하는 반이 이겼다.

"내가 이겼다. 나중에 내 소원 하나 들어줘야 한다."

"예. 선생님."

"그런데, 너는 내가 응원하는 반이 이길 거라는 걸 어떻게 알았어? 저 반 아이들 알아?"

"아뇨. 운동장이 기울어져 있잖아요. 강당 쪽으로 기울어 있으니 서편에 서는 반이 이기는 거죠."

그러고 보니 운동장이 동쪽에서 서쪽으로 기울어진 것 같았다. 눈으로만 보는 나는 그걸 알아차리지 못하고 있었다.

"학교 운동장은 평평하지 않잖아요?"

"그래? 그럼 줄을 남북으로 늘어놓으면 게임이 공정하잖아?"

"그렇게는 안 하죠. 줄을 빼고 넣는 게 편하잖아요. 교장 선생님이 보시려면 동서로 줄이 있어야 잘 보이잖아요. 선생님, 저 연습하러 가야 해요."

"그렇구나. 나는 너 노래하지 말라고 권하려고 했는데,

네 엄마처럼 응원해야겠네. 단 기말고사 공부도 열심히 하고."

"예, 선생님."

미가도 갔고 운동장에 있던 아이들도 모두 제자리로 돌아갔다.

핸드폰 속 영서의 사진을 보고 간단히 소지품을 챙겨 상담실을 나왔다. 운동장을 가로질러 교문으로 가는데 오늘따라 오르막길 같은 느낌이 들어서인지 퇴근길이 힘겨웠다. 서편으로 해가 지고 있었다.

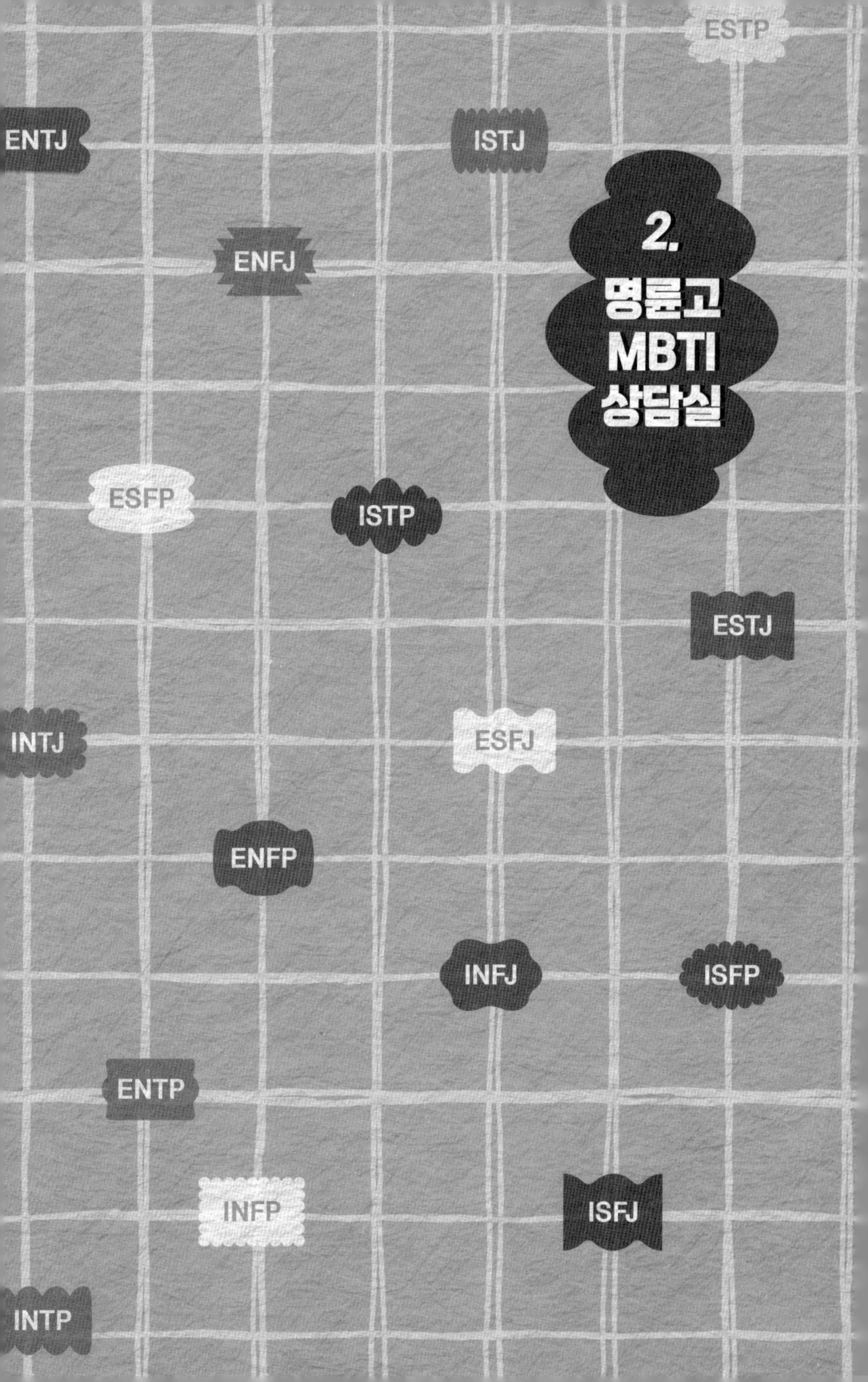
ESTP
ENTJ
ISTJ
2.
명륜고
MBTI
상담실
ENFJ
ESFP
ISTP
ESTJ
INTJ
ESFJ
ENFP
INFJ
ISFP
ENTP
INFP
ISFJ
INTP

엄마는 수능에서 뭔가를 보여줘야 한다고 한다. 그게 엄마의 면을 살리는 길이라고 하는데 그 면이 언제나 나의 사정보다 중요하다. 나의 고통은 안중에 없고 내가 넘어야 할 숙제 정도이다. 숙제를 하지 않으면 엄마에게 혼난다. 나는 어려서부터 그렇게 알고 있고 혼이 나지 않기 위해 숙제하듯 인생 과제를 해결하며 살아간다. 그런데 엄마의 숙제를 더 이상 받지 않아도 되는 성인으로 넘어가는 고3의 관문은 만만하지 않다. 성공이라는 치렁치렁한 장식과 행복이라는 악취가 유약한 나를 흔들어댄다. 나와 친구들의 일상은 미래와 악마에게 저당 잡혀서 내 생각을 자판에 옮기는 것도 시간 낭비라고 귀전에 울린다. 친구들은 비

둘기처럼 학교에 모여 모이를 쪼다가 하나둘씩 날아오르지만 자기 자신의 길로 비행하는 것 같지 않다. 그냥 푸드덕 날았다가 다시 제자리이다. 다람쥐와 다를 바 없다. 빈속에 독한 약을 털어 넣고 속이 틀어지고 나서야 자신에게 맞는 장기 처방전이 필요하다는 것을 깨우치려나…….

새벽 비가 그치며 나의 자판 두드리는 소리도 멈췄다. 날이 개기 시작하고 푸른 하늘이 보인다. 우리 반은 11시에 모인다. 많은 학생이 동시에 밀집하는 것을 막기 위해 30분 간격으로 집합 시간을 정했다고 담임이 말했다. 모이는 장소는 아파트와 학교 사이의 공원이다. 근린공원이라 지명을 아는 사람은 거의 없다. 이름을 말하면 더 헷갈릴 것 같아 학교 옆 장미원으로 공지가 됐다. 데임드꼬르, 몬타나, 심파시, 로즈나우, 옐로우퍼퓸 등 각양각색의 장미가 피어 있고 주변에 메타세쿼이아 길이 시원하게 뻗어 있는 곳이다. 5월 중순은 어디를 가도 사진에 초록색만 담으면 아름답게 보인다.

졸업앨범 촬영이라고 엄마가 준비해 준 세미 정장을 입었다. 비비 크림을 바르고 머리에 스프레이를 뿌렸다. 치장을 다 했어도 시간이 남아돌았다. 조금 일찍 가서 다른 반 촬영하는 것을 보기로 마음먹었다. 발목까지 올라오는 조던 농구화를 벗어던지고 갈색 단화를 신었다. 바지의 서걱거림을 느끼며 천천히 걸었는데도 30분 전 도착이다. 우리 반 친구들은 보이지 않았고 다른 반 촬영이 한창 진행 중이었다. 4반은 개인 프로필을 찍고 있었다. 머리에 꽃을 꽂은 여자아이들과 허리에 손을 대고 다리를 꼬며 온갖 똥폼을 잡는 남자아이들의 모습이 보였다. 6반은 단체 사진을 찍느라 사진기사님이 우왕좌왕이다. 아이들은 바닥에 앉지 않으려 하고 친한 친구와 뒷줄에 서려고 하니 실랑이가 벌어진다. 담임은 대열 옆에 우두커니 서 있으니 기사님만 똥줄 타는 것 같다.

6반 뒤편에서 우리 담임이 오고 있다. 가슴 중앙에 카메라를 메고 왼손에는 카메라 가방을 들었다. 학생들의 활동 모습을 촬영해서 졸업할 때 작품 사진을 선물하겠다고 나에게 말했다. 덕후 기질이 있다는 것은 알고 있었지만 전문 촬영기사 같은 행색은 낯설었다.

"준수! 빨리 왔네." 담임은 오른쪽 어깨를 가볍게 올리더니 카메라 가방을 벤치 위에 올려놓는다. 30센티 정도 크기의 정사각형에 가까운 도톰한 커피색 가방에 흰색의 EOS 글자가 또렷하다. 가방의 윗부분에는 지퍼와 찍찍이 3개, 버클이 달려있다. 카메라나 렌즈 등 내부 내용물들이 밖으로 나오지 않게 2중 잠금장치가 되어 있는 것 같았다.

"선생님, 카메라 멋져요." 담임은 대수롭지 않다는 듯이 아무 대꾸도 하지 않고 오른손에 들고 있는 카메라 렌즈로 배경을 포착하려는 것 같다. 눈으로 볼 수 없는 세상이 대부분인데 무엇을 렌즈에 담으려는지 애를 쓴다. 가슴팍에 밀착해서 붙어 있는 카메라에는 Canon EOS R5 글자가 선명했다. 카메라를 몇 번 들었다 놨다 하는 사이에 우리 반의 수다쟁이 이화가 남성 복장을 하고 왔다. 검은색 재킷에 정장 바지가 날렵했다. 재킷의 가슴 주머니는 모양만 가볍게 붙어 있고 바지는 뒷주머니 없이 앞판 오른쪽에 옆

주머니만 있었다. 나비넥타이와 배를 넓게 덮는 하늘색 벨트를 했고 왼쪽 가슴 장식으로 스카프 천이 나풀거렸다.

"이화야, 그 복장 뭐냐?"

"네가 알 리가 없지." 답을 하지는 않고 가방에서 타로를 꺼내더니 박력 있게 펼쳤다가 부드럽게 접는다. 금방이라도 내 운세를 봐주려는 기세다. 한 걸음 주춤한 나를 보더니, 카드를 내려놓고 다가오며 묻는다.

"야, 준수야. 너 장미 하면 생각나는 것 말해 봐."

"웬 장미?"

"그냥 몇 단어만 말해 봐." 다짜고짜 달려들며 묻기에 별생각 없이 말했다.

"5월, 빨강, 가시, 장미원."

"됐어, 됐어. 더 볼 것도 없다. 너는 감각형 'S'다."

"그게 뭔데?"

"너 MBTI 안 해 봤지? 내가 묻는 대로 말해."

"곧 사진 찍을 텐데 뭔 MBTI냐?"

"어휴, 꼰대 같기는. 장미를 보고 오감을 이용해서 구체적이고 현실적인 단어를 말하면 감각형 'S'이고, 추상적이고 비유적인 단어 예를 들어 사랑, 열정, 고난, 아름다움, 베르사유, 고3 뭐 이딴 것을 말하는 타입은 직관형 'N'이야."

"말도 안 돼. 단어로 어떻게 사람을 판단하니?"

"어휴, 이런, 이런. 야, 그럼 너 하나 더 해 봐. 공부할 때 공개적인 도서관이나 스터디카페 이런 데가 좋아, 아니면 개인 독서실이나 집이 좋아?"

"집. 시끄러운 도서관 싫어."

"집이 좋다고 했지? 그렇지. 많은 친구와 어울리는 게 좋아 아니면 소수와 찐 우정이야?"

"찐이지."

"그렇지. 내 그럴 줄 알았다. 너는 에너지 방향이 내향형 'I'야. 혼자 있을 때 에너지를 비축하고 사색하는 것을 좋아하는 유형이 'I'이고 다양한 인간관계를 맺고 적극적으로 활동하고 발표 잘하는 애들이 외향형 'E'야. 그러니 너는 내향형에 감각형이니까 'IS'야. 나머지는 안 해 봐도 알

아. 너는 'ISTJ'야."

"말도 안 돼."

"얘 봐라. 너 경제학과 간다고 했지?"

"응." 사실 경제학과는 엄마 뜻이다. 나는 어려서부터 철학이 재미있고 지금은 절충해서 경제철학자의 꿈을 꾸고 있다.

"뭘 어떻게 알아, 네가 하는 행동 보면 딱 나오는데. 너는 우리 반의 교과서 ISTJ. 그래서 네가 조이를 좋아하는 거지."

"내가 언제 조이를 좋아한다고? 수학 가르쳐 준다고 좋아하는 거냐?"

"이조이는 ESTP야. 그러니까 너랑 조합이 잘 맞는 거야. 조이가 외교관 된다고 했잖아. MBTI 상담실 멤버이면 최소한 자신은 알아야지. 그럭저럭 얼렁뚱땅 넘어가려 하지 말고."

"무슨 말인지 모르겠다. 나는 조이를 좋아하지 않아."

"쿠쿠루삥뽕. 그럼, 사귀는 것으로 하자. 쪼이 온다." 조이의 등장으로 더 이상 이야기를 이어갈 수는 없었는데 은근히 'TJ'가 뭔지 궁금했다.

조이는 멀리서도 평범한 학생으로 보이지 않았고 야외 촬영을 나온 신부 같았다. 여리여리한 분홍색 민소매 원피스의 잘록한 허리선과 치마의 풍성한 주름이 실루엣을 연출했다. 손에는 앙증맞은 가방을 들었고 머리에는 꽃무늬 옆꽂이를 했다. 전교 학생회장답게 촬영장에서도 태가 났다. 집합 시간이 가까워지면서 친구들이 무더기로 몰려왔다. 백설 공주와 마녀 복장을 하고 미소와 윤지가 손을 잡고 왔다. 이어서 해리 포터와 마법사를 흉내 낸 남주, 시내, 진수가 마법 지팡이를 휘두르며 등장했다. 절반 이상의 친구들이 왔을 때 멀리서 군복을 입은 아이들이 나타났다. 사진을 찍던 6반 애들이 소리를 질렀다. 707, 특전사, UDT, SART, HID 군복을 입고 총을 들었다. 그중에 검은색 대테러 복장의 유진이가 인상적이었다. 태용이는 얼굴에 검은색 칠을 해서 처음에는 알아보지 못했다. 나름대로 애를 썼지만, 졸업앨범에 들어갈 사진으로는 어울리지 않을 것 같았고 저들 중에 복장대로 군대 갈 아이는 한 명도 없을 것이다.

명렬표에 출석 확인을 하는 중에 미가가 하복을 입고 왔다. 흰색 블라우스는 조금 끼는 듯했고 치마는 길이와 통이 다소 헐렁해 보였다. 수험생 콘셉트로 교복을 입고 큰 가방을 들고 왔다고 했는데 사복 사이에서 옷차림과 표정 모두 어색했다. 미가는 도착하자마자 가방에서 A4 용지를 꺼냈다. 단체 촬영 때 한 장씩 들고 찍기 위해 준비한 것이었다.

3학년 7반 친구들아 수고했어!
너답게 미래로 행복하게 비상하자!♥

한 장에 한 글자씩 30장을 준비했다. 번호대로 한 장씩 종이를 나눠주고 나니 3장이 남았다. 학원생 주성빈, 게임왕 최수천, 항공학교 위탁생 한유진이 오지 않았다. 집합 시간이 지나서 전화하려는데 성빈이와 유진이가 걸어 오고 있었다. 성빈이는 검은색 연미복을 입었고 유진이는 복숭아색 항공 승무원 복장이었다. 지각이지만 멋진 외모는 친구들의 눈길을 끌었고 눈총을 받지 않았다. 10여 분이 지나도 수천이가 연락 없이 나타나지 않았다. 결국 담임이 '♥' 종이를 들고 단체 촬영을 했다.

해가 중천을 지나 짜증이 날 만한 시간에 모든 촬영이 끝났다. 몇 명은 다른 반 친구들과 사진을 찍겠다며 남았고 대부분 친구끼리 흩어졌다. 나는 조이, 이화, 성빈이와 마라탕을 먹기로 했다. 조이가 미가를 데려가려고 했지만 허사였다. 교복이 창피한 것인지 아니면 무슨 일이 있는 것인지 미가는 밝은 얼굴로 몇 번 손사래를 치며 사라졌다. 얼결에 우리는 미팅이라도 하듯 택시를 타고 '마라쿵푸'로 이동했다. 홍초로 중국식 매운 국물을 내는 맛집이라 점심시간을 넘겼어도 홀 안에 손님이 제법 많았다. 새빨간 판지에 황금색 글씨로 메뉴가 적혀 있는 벽 바로 아래 테이블에 자리를 잡았다. 엉덩이가 의자에 닿기 무섭게 저마다 좋아하는 재료를 고르기에 바빴다. 청경채, 숙주, 스팸, 넓적 당면, 목이버섯, 팽이버섯, 소고기 등 선택한 재료를 주문했다.

“야, 너희들 MBTI 상담실 제대로 해. 대충대충 넘어가려 하지 말고.”

“이화야, 네가 리더잖아. 애들 MBTI 보고 있어?”

“물론이지.” 이화와 조이가 하이 파이브를 한다.

“잠깐! 야, 너희들 지난번에 내 발표 어땠어? 전현무, 이종석 완전 똑같았지?” 성빈이가 다시 전현무 흉내를 내려고 상의를 만졌다.

“야, 야. 그만. 여기서 그러면 안 돼.”

“안 한다. 자식아. 너는, 어휴! 세상 돌아가는 거 몰라서 큰일이다. 이 형님이 시간이 있으면 좀 깨우쳐 줄 텐데, 형님이 좀 바쁘다.”

“야, 성빈이 너는 우리 준수 따라가려면 아직 멀었어. 준수에게 뭐라고 하면 내가 가만 안 둔다.”

“조이, 너 너무 티 내는 것 아니냐? 야, 나는 어땠어? 성빈이 연기 짜고 발표하고 사실 내가 다 한 거야."

"이화 너는 항상 재치 있지. 잘했어. 최고. 독창적이고 아주 재미있었어. 짱!" 조이가 엄지를 치켜들고 왼손으로는 국자를 집어 들었다.

"역시 우리 회장. 야, 이제 그만하고 먹자."

이화의 이야기가 끝나기가 무섭게 모두 젓가락을 바삐 움직였다. 매운맛에 혀를 차면서도 다들 자기 마라탕이 제일 맛있을 것이라고 목소리를 높인다. 나는 조이를 따라 했다가 속이 뒤집힐 정도로 고생했다. 독하디독한 맛을 먹는 애들이 용해 보였다. 쿨피스 몇 컵을 들이켰지만, 집에 도착하고도 한동안 위가 마비된 느낌이었다. 괜히 돈만 쓴 기분이었다. 한 가지 수확이 있었다면 내 성격 유형을 확실하게 이해했다는 것이다. 이화의 진단에 친구들의 인정으로 나는 ISTJ임이 확증됐다. 내향형, 감각형, 사고형, 판단형이라고 모두가 고개를 끄덕였다. 우리의 이야기는 마라탕 맛 20%에 MBTI 이야기가 60%는 넘었을 것이다. 마라탕과 함께 반 친구들의 성격 유형을 짐작해 보면서 깔

깔댔다. 공사 구분이 명확하고 논리적이고 분석적인 나는 사고형 'T'였고, 감정적이고 공감을 잘하며 얼굴에 표정이 잘 드러나는 이화는 감정형 'F'라고 했다. 그리고 시험공부를 미리 계획대로 착실하게 추진하는 나는 판단형 'J'라고 했고, 이화는 벼락치기로 공부하고 개방적이며 융통성이 많아 인식형 'P'라고 설명했다. 그런데 미가에 대해서는 의견이 분분했다. 미가를 도마에 올려놓고 이런저런 이야기를 나눴지만 그럴수록 알다가도 모를 친구 같았다. 미가는 해맑게 친구들 이야기를 잘 들어 주고 정이 많지만, 그 속을 알 수가 없다. 미가의 깊은 눈과 다문 입에 담긴 숨은 MBTI가 궁금했다.

졸업앨범 촬영 이후 나는 친구들의 행동을 유심히 관찰하는 재미에 빠졌다. 쉬는 시간이면 영상을 틀고 춤추며 수다를 주도하고 수업 시간에 선생님의 재미없는 이야기

에도 리액션이 좋은 원희는 ESFP 같았다. 학급이 소란하면 조용히 하자고 외치고 놀아서서 바로 떠드는 우경이는 ESTJ가 분명했다. 친구들의 성격 유형만큼 재미있는 것은 잘 어울리는 친구들 사이에 끌림의 이유를 발견하는 것이었다. 이화의 성격 유형으로 절친인 선우는 INFJ라고 추측했더니 맞았다. 연예인 성빈이는 조용한 학구파이자 INTJ인 소미와 잘 어울렸다. 나는 조이와 꿍꿍이가 잘 맞았다. 조이가 학생회장으로서 담대하게 계획한 것을 이뤄내는 추진력에 끌렸다. 나는 꼼꼼했지만 반장다운 대범함이 부족했다. 활달하거나 소심한 아이들의 성격 유형은 몇 마디 미끼를 던져 쉽게 알아차릴 수 있었지만, 말없이 대입에만 몰입하는 아이들은 파악하기 어려웠다. 학급 친구들을 절친과 앙숙으로 구분하여 자리 배치하고 마니토를 하자고 담임에게 건의했다가 퇴짜 맞았다. 이전 담임이 정해놓은 대로 1년을 갈 것이라고 했다.

학교의 이런저런 행사로 정신없던 5월이 지나가고 6월 평가원 모의고사에 친구들은 긴장했다. 내신과 모의고사 결과를 합산하여 면학실을 재편성하고 학부모 상담을 진행한다고 담임이 말했다. 그런데 우리 담임은 상담하지 않는다며 3학년 부장과 진로진학부장이 일부만 불러서 상담할 것이라고 했다. 각 반 성적 상위자 2명은 '오르비(Orbi)'에 편성되고 '동창(同窓)'은 80명이 정원이지만 희망자가 적어서 원하면 자리를 배정받았다. 우리 반 내신성적 순위는 조이, 미가, 나였고 지금까지 모의고사 성적으로는 내가 성적이 제일 좋았다. 조이는 내신에만 몰두하여 모의고사 성적은 학급에서 5등 정도였다. '오르비'는 인체공학을 고려했다는 의자와 넓은 책상에 공기청정기와 냉장고가 있었고 바닥은 열선이 깔려 따뜻했다. 청소 도우미의 관리로 항상 깨끗했고 아무 때나 이용이 허락되어서 동창생들이 선망하는 공간이었다.

우리 반 오르비 대상자는 조이와 미가였다. 그런데 미가가 스터디카페에서 공부한다고 해서 조이와 내가 오르비 이용자가 되었다. 야자를 하고 스터디카페에 가면 미가는 출입구 바로 앞자리에서 똑같은 모습으로 공부한다. 자정

무렵 내가 집으로 가는 시간에도 미가는 꿈적도 하지 않고 의자에 묶인 아이처럼 열심이다. 중간고사에서 부족한 부분을 만회하려는 것인지 지독하게 공부한다. 마라탕보다 독한 아이다.

6월 평가원 모의고사 성적표가 나오고 수시파와 정시파로 친구들이 갈리면서 수업 시간에 잠자는 아이들이 눈에 띄게 늘었다. 수업 시간에 사경을 헤매듯이 자는 아이는 성빈이었고 쉬는 시간 잠보는 미가다. 시간을 쪼개가며 단어를 외우고 3분 예습을 하던 미가가 자는 것을 보면 고달픈 수험생의 하루를 보는 것 같았다. 모두가 살아나는 급식실에서 여자아이 중 최고 먹보는 미가다. 미가는 급식 메뉴를 가리지 않고 무엇이건 잘 먹는다. 미가 식판에 밥은 구릉 같았고 반찬은 상대적으로 적었지만 남기는 일이 없었다.

학원 간다며 성빈이가 담임을 무시하고 미인정 조퇴를 한 것 빼고는 평소와 다를 바 없이 일주일이 끝나갈 때 조이가 미가와 나를 하늘정원으로 불렀다. 셋이 동시에 모인 것은 오랜만이었다. 조이는 조금도 망설임 없이 우리를 부른 용건을 말했다.

"졸업을 앞두고 후배들을 위해 뭔가를 하고 싶은데, 너희들의 도움이 필요해. 도와줄 수 있지?" 우리는 견주 손에 쥐어진 간식을 기다리는 강아지처럼 고개를 까딱이며 조이를 보고 있었다. 조이는 거침없이 본론을 말했다. 학교에서 학생의 불편 사항을 한 가지씩 생각해 오고 학급 친구들의 서명을 받아 추진하자는 것이었다. 단기간에 해결이 가능한 것이 조건이고 세 개 중에서 확실하게 결론을 낼 수 있는 두 개를 선택하자고 했다. 갑자기 숙제가 생겼다. 수행평가와 학원 숙제까지 생각하니 갑자기 머리가 지끈거리는 것 같았다. 그렇지만 좋은 일이고 조이가 부탁한 일이어서 주말에 집에서 고민하기로 마음먹었다.

월요일 아침부터 낯빛이 밝은 친구들이 많았다. 학교에서 급식 메뉴는 일기예보보다 중요하고 우리의 기분을 좌우한다. 오늘 급식으로 돈가스와 토마토 파스타가 나왔다. 미가의 식판은 파스타와 야채 샐러드로 균형을 이뤘다. 점심시간에 농구부 후배들의 친선 경기가 있어서 강당에 잠시 들렀다가 하늘정원으로 갔다. 미가가 꽃을 보고 있었고 조이는 아직이었다. 평소 급식실에서 궁금했던 것이 있어서 물었다.

"미가야, 너 반찬을 적게 먹는 것 같은데 특별한 이유가 있어?"

"뭔 이유, 습관이지."

"습관이라면 지속된 버릇이라는 거잖아."

"그런가? 준수야, 너는 어른과 식사할 때 반찬에 젓가락이 동시에 가면 어떻게 해? 다른 반찬으로 손을 돌려?"

"직진이지. 굳이 뭐 바꿀 이유가 있나?" 어른과 밥을 먹어본 기억도 별로 없었다. 우리는 꽃을 보며 말하고 있었다.

"준수야, 황금 낮달맞이꽃 꽃말이 뭔지 알아?" 꽃에서 미가를 향해 고개를 돌리는데 정원 입구 쪽에서 조이가 나타났다.

"얘들아, 미안! 쌤이 불러서." 조이는 묻지도 않은 말을 크게 외치며 달려오더니 숨 돌릴 틈도 없이 이야기를 주도해 간다.

"야, 너희들 숙제했지? 말해봐. 나는 학생도 자유롭게 엘리베이터 이용하기."

"그게 가능해? 나는 학생이 교무실과 특별실 청소하지 않기. 어때?"

"준수 좋았어. 그럼 미가만 남았네." 미가는 수줍은 달맞이꽃처럼 뭔가 망설이더니 말했다.

"예비종 없애기."

"에잉! 그건 우리 18대 학생회에서 건의한 건데. 면학 분위기 조성하자고 만든 거잖아, 그걸 왜 없애?" 조이가 화단으로 올라서서 구절초를 손에 쥐었다.

"쉬는 시간에 잠자는 애들 예비종 치면 잠 깨." 미가는 침 흘리는 표정을 우습게 연출하며 말했지만, 조이는 오히려 감정이 더 상한 것 같았다. 손에 쥔 것을 허공으로 뿌렸다. 미가의 얼굴은 붉게 달아올랐다.

"야, 그 얘기 들으면 쌤들이 뭐라고 할 것 같아? 너는 생각이 있는 애냐?"

"조이야, 그냥 미가 의견이잖아. 쌤들은 나중에 생각하자."

"좋아, 그럼 이따 자율활동 시간에 세 가지 의견을 친구들 앞에서 말하고 다수결로 두 가지 정하자." 조이는 분을 삭이듯 식식거리며 먼저 정원을 빠져나갔다. 미가는 돌아서서 등을 보인 채 하늘을 보는 듯했다.

7교시 자율활동 시간에 조이가 교탁 앞으로 나갔다.

"얘들아, 잠깐만! 긴급 학급회의 짧게 하자." 친구들은 뜨뜻미지근한 반응이다.

"졸업하기 전에 학교와 후배를 위해 뭔가를 하고 싶어. 확실한 것 두 가지만 개선하자. 미가와 준수, 그리고 내 의견을 듣고 너희들이 그중에 두 개를 선택해 주면 우리가 앞장서서 추진할게. 그럼 미가부터 발표."

"수업 시간 2분 전에 예비종을 울리던 것을 없애면 좋겠어. 왜냐하면…….”

친구들의 함성에 더 설명할 필요가 없었다. 찬성의 표시였다. 나도 힘을 내서 친구들에게 말했다.

“나도 의견이 있어. 교무실 청소. 우리가 선생님들이 생활하는 공간까지 청소해야 할까? 자기가 쓰는 공간은 자기가 청소하는 거지.”

“와~.”

환호성과 함께 군데군데에서 ‘맞아’라는 소리가 들렸다. 다음은 조이였다. 조이가 앞으로 나오자 아이들 모두 약속이나 한 듯 입을 다물었다.

“난 엘리베이터 사용을 말할 거야. 엘리베이터가 장애인용이라면 선생님들도 타지 말아야지. 이건 앞뒤가 맞지 않는 처사야. 선생님들이 탈 수 있다면 당연히 우리도 탈 수 있어야 해.”

조이의 말이 끝나자 학생들이 더 큰 환호성을 지르고 박수를 쳤다. 조이는 만족하는지 미소를 지었다.

문제는 그중에 두 개를 선택하자는 것에 있었다. 다 하자, 하나만 하자, 다수결로 결정하는 것은 문제가 있다 등 의견은 분분했고 조용했던 교실이 시끌벅적했다.

"야, 그거 너희들 스펙 쌓으려는 거잖아? 수시로 대학 가는 너희만 좋지, 그걸 왜 우리가 따라가?" 자는 줄 알았는데 성빈이가 언제부터 듣고 있었는지 의자를 박차고 일어서며 말했다. 순간 성빈이가 주연배우 같았다. 분위기는 반전되었고 암전이 필요했다. 예상치 못한 외침과 침묵에 조이는 앞문으로 나갔다. 누구도 더 나서지 않았고 종이 울렸다. 종례 후 하나둘 교실에서 나갈 때 내 머리에는 '주성빈-팩폭-외향형 E-감정형 F'가 연속 재생되었다.

조이는 친구들의 귀가 후에도 교실로 돌아오지 않고 있었다. 사태를 수습하기 위해 미가와 단둘이 학급에서 해결 방안을 찾았다. 처음에 두 개를 추진하자고 했기에 내 의견을 버리자고 했다. 그렇지만 미가는 친구가 더 소중하다고 하면서 자신이 물러나겠다고 했다. 나는 친구들의 박수

소리를 생각하면 예비종 없애기와 엘리베이터 이용하기가 맞다고 주장했다. 조이도 다 이해할 것이라고 설득했다. 결국, 미가는 예비종 반대를 홍보하기로 하고 엘리베이터 사용 문제는 조이에게 맡기자고 협의를 마쳤다. 미가는 집에 갈 시간이 늦었다고 하며 뛰어나갔다.

저녁을 해결하고 면학실로 갔더니 조이는 태연하게 공부하고 있었다. 오르비의 아이들은 가상공간에 있는 아이들 같다. 명령에 따라 고지를 향해 흔들림도 없이 전진하는 특공대 같다. 그 대열에 합류하여 공부하는 것이 부담스러울 때는 면학실에서 음악을 듣고 스터디카페에 가서 집중해서 공부했다.

뭔가 정리되지 않는 기분에 공부가 되지 않아서 야자 1교시를 마치고 스터디카페에 갔다. 미가는 보이지 않았고 책상 위에는 학교에서 나눠준 학습플래너 수첩이 펼쳐 있었다. 지나치려다 종이 위에 빽빽하게 적힌 메모를 봤다. 학교에서 할 일은 검은색, 스터디카페에서의 일은 파란색으로 적혀 있었다. 맨 아래 포인트 칸에는 빨간색 글씨가 있었다.

'씩씩하기, 울지 않기, 아프지 않기, 티를 내지 않기, 억지로라도 웃기, 괜찮은 듯 그렇게 지내기.' 메모가 보였다.

죽은 글씨가 혈관을 타고 심장으로 이동하는 느낌이었다. 그때 옆구리에 막대 같은 것이 닿는 느낌에 소스라치듯 놀랐다.

"뭐해?" 미가가 손에 물기를 닦으며 내 옷소매를 끌고 휴게실로 갔다.

"너 봤지?" 체육 시간에 우연히 친구의 속옷이라도 본 사람처럼 얼굴이 화끈거렸다.

"뭘 봐, 너 MBTI 뭐야?" 시치미를 떼기 위해 순발력을 발휘했다.

"그게 궁금해? 너랑 50%만 같아. 됐니?" 내가 ISTJ니까 그중에 뭐가 같을까 경우의 수를 계산하며 내친김에 답을 찾기 위해 이어서 물음을 던졌다.

"학교에서 활달하고 스터디카페에서 공부하는 것을 좋

아하니까 외향형 'E' 맞지?"

"성격대로 사는 사람이 얼마나 된다고?" 예상에서 벗어난 답이었다.

"겉옷은 사람들에게 보이지만 속옷은 자신만이 보는 거잖아. 겉옷으로 속옷을 알 수 있니?"

"무슨 말이야? 나는 남의 속옷 그런 것 관심 없다."

"준수야, 보여주고 싶지 않은 것을 보려고 할 필요는 없지. 몰래 보는 건 범죄." 미가는 뭔가 나를 다 파악하고 있다는 듯이 눈을 슬며시 감으며 말했다. 긴 속눈썹이 보였다.

"예비종 없애자는 것 어떻게 할 거야?" 또 화제를 돌렸다.

"애들 의견 물을 시간은 안 되고 전지에 써서 학생 게시판에 붙이려 해."

"그걸 언제 다 써? 너는 적당히 흉내 내다가 손떼고 공부해." 진심이었다. 미가가 보컬을 한다고 했을 때도 그렇고, 지금도 미가가 학교 일에 나서지 않으면 좋겠다고 생각했다.

미가는 학교에서보다 더 따뜻했다. 무릎이 손에 닿을 정도의 가까운 거리에서 말하려니 시간이 흐를수록 심장이 벌렁거려서 더 이상 그 자리에 있을 수 없었다. 집에 일찍 들어가서 공부하라고 말하고 스터디카페를 나섰다. 공원을 지나 집에 거의 도착할 무렵 유성을 봤다. "미가랑……." 소원을 다 빌기도 전에 유성은 흔적 없이 사라졌다.

미가와 조이를 번갈아 생각하다 잠을 설쳤다. 등교하면서 미가와 나눈 이야기와 메모장의 내용이 꼬리를 물고 자꾸만 떠올랐다. 그러다가도 문뜩 미가의 MBTI가 궁금했다. '미가는 조이와 절친이다. 나는 조이와 MBTI가 50% 같다. 그렇다면 미가는 조이와 완전 같거나 100% 다른 유형이라는 것인데 내 추리가 맞을까?' 문제를 풀었으니 맞는 답을 했는지 채점하고 싶은 욕구에 걸음이 빨라졌다. 교실 앞문을 열고 들어갔는데 아무도 없었다. 성빈이와 소미 가방만 있었다. 우리 반에서 제일 먼저 오는 친구들이다. 학원 다닌다고 피곤한 성빈이가 그나마 소미의 손을 잡을 수 있는 시간은 아이들이 등교하기 이전이니 일찍 올 수밖에 없다. 둘은 아마 옥상 밑 계단이나 외진 곳에서 포옹이라도 하고 있을 것이다. 사랑의 힘은 대단하다. 요즘은 지각 대장이던 성빈이가 학생부 선생님들보다 먼저 교문을 통과한다. 시간이 지나면서 친구들이 오는데 미가는 오지 않았다.

4교시가 시작될 즈음에 등교한 미가에게 내가 쓴 답을 내놓지 못했다. 4교시 종료종이 울리자마자 친구들이 식당으로 향하는데 조이가 미가를 잡고 식당 반대 방향으로 이동했다. 둘이 하늘정원으로 가는 것을 보고 나도 천천히 뒤따라갔다. 학교생활의 답답함을 해소하기에는 이만한 장소도 없다. 혹시나 누구라도 떨어질까 봐 개방하지 않던 곳이었다. 하늘정원 문을 힘차게 밀고 들어섰는데 건물 벽 끝 지점 바로 앞에 조이와 미가가 있었다. 조이가 손에 든 슬리퍼를 땅에 내동댕이치며 소리를 질러서 순간 움찔하며 다가서는 걸음을 멈췄다.

"네가 그럴 수 있는 거냐고. 나한테!" 조이 소리가 너무 커서 다가갈 수 없었지만, 꽤 화가 난 말투였다.

"나는 그 소리가 싫다고."

"왜, 싫은데. 뭐가 싫은 거냐고?"

"싫다는데 거기에 무슨 이유가 있어?"

"뭐, 그게 말이 된다고 생각해?"

"그냥 싫어!"

"그냥이 어디 있냐고. 넌 생각도 없어?" 조이는 쏘아보며 퍼붓고 미가는 고개를 숙인 채 말하고 있었다.

"야, 뭐해?" 더 이상 지켜보는 것이 위태로워서 큰 소리를 지르고 멋쩍게 달려갔다.

"준수야, 네가 판단해 봐. 지금 미가가 내가 만든 종소리를 없애자고 주장하는 게 말이 된다고 생각하니?" 싸움에 끼어들고 싶지 않아 잠시 머뭇거리는데 조이가 계속 말했다.

"말이 안 되지? 친구끼리 그러는 거 아니지. 야, 미가!

네가 다시 말해 봐. 말 잘해! 너랑 끝장일 수도 있어. 여기 증인 있다. 분명하게 말해!" 미가가 즉답하지 않자, 조이는 계속 언성을 높이면서 금방이라도 절교할 듯한 분위기로 말을 이어갔다.

"종소리는 모든 학생이 듣는 거야. 엘리베이터는 위층 고학년의 문제야. 모든 학생의 생존과 소수의 더 좋은 생활에서 선택해야 한다면, 나는 생존이 생활보다 우선이라고 생각해." 미가의 목소리는 절제가 있고 차분했다.

"내가 소수야? 난 학생회장이야. 지금 나 좋자고 하는 거야?"

"응!" 그때 조이가 미가의 뺨을 때렸다. 너무나 갑작스러운 상황에 놀라 조이의 손을 잡았는데, 조이는 손을 뿌리치고 하늘정원 입구 쪽으로 나갔다. 조이를 보고 다시 시선을 돌리는데 미가는 무덤덤해 보였다.

"미가야, 괜찮아?"

"그래도 나는……." 눈물이 그렁그렁한 채 하늘을 보고 있었다.

"응, 말해."

"아니다. 뭐, 한두 번도 아닌데." 미가는 다시 아무 일도 없었다는 투로 말하고 태연하게 하늘정원을 빠져나갔다.

지금 내가 무엇을 본 것인지 정리가 되지 않아 한참 동안 하늘정원에 머물렀다. 조이와 미가의 다툼을 보면서 아빠와 엄마가 싸우던 모습이 떠올랐다. 조이의 표독스러움 앞에 무방비로 당하는 미가는 아빠였다. 속사정이야 모르지만, 아빠는 한 번씩 엄마에게 가혹할 정도로 당하곤 했다. 화가 난 엄마 입에서 나오는 말은 원수에 대한 저주 같았다. 옆에 있는 어린 나는 독사의 자식에게나 퍼부을 듯한 악담을 막을 요인이 되지 못했다. 나는 아빠처럼 당하지 않으려고 엄마 말에 순종했다. 난 엄마 말대로 행동하지만, 마음은 아빠에게 있다.

엄마는 무서웠다. 그 무서움이 반복되고 나이가 들어가면서 엄마가 싫어졌다. 엄마에게 속마음을 털어놓지 않았다. 그런 나를 엄마는 속이 깊은 아이라고 주변에 자랑했다. 엄마는 한 번도 나에게 미안한 감정을 갖지 않는 것 같았다. 이따금 엄마 뜻에 반하는 의견을 말했다가 구둣주걱으로 맞은 일이 있었고 힘으로 저항하려 하면 부엌에 있는 칼을 들고 함께 죽자고 했었다. 그런 일들이 나에게는 원금과 함께 복리이자처럼 쌓여가는데 엄마는 그런 과거를 인정하지 않는다. 눈앞에서 벌어진 조이의 행동은 내 엄마의 모습이었다. 처음으로 조이가 무서운 친구라는 생각이 들었다. 하늘정원에서 보이던 맑은 하늘에 먹구름이 지나가고 있었다. 교실에 가서 미가를 위로하고 싶었는데 미가는 점심도 먹지 않고 조퇴해서 내 마음을 전할 수 없었다.

수업이 다 끝나고 면학실에서 조이를 봤다. 조금도 동요 없이 공부한다. 조이가 겉으로는 태연한 척해도 속마음은 불편할 것 같았다. 야자 1교시가 끝나고 자판기에서 음료를 뽑아 조이를 휴게 공간으로 불러냈다.

“조이야, 괜찮아?”

“뭐가? 미적분! 문제지. 생윤(생활과 윤리)도 그렇고. 작년에는 윤사(윤리와 사상)로 망하더니 올해는 생윤이냐, 윤리 싫다."

"아니, 너 속 괜찮냐고?"

"속? 뭔 속? 속 좋지."

"그럼 됐고! 너 엘리베이터 이용하기 성공할 수 있어?"

"당연하지. 난 이길 수 없는 것은 하지 않는다. 걱정 마라."

"그럼 됐고! 예비종 없애는 것은 어때?"

"그게 말이 되냐? 가능성도 없는 것을 하겠다는 게 어처구니가 없다. 더구나 내가 한 일을 막아. 하! 그냥 넘어가지 않을 거야."

"미가도 너를 생각해서 포기하려는 마음이 있는 것 같던데."

"야, 웃기지 마라. 결과는 상관없고 친구들과 함께 문제를 해결하는 과정에서 배움이 있다던가. 뭔 말도 안 되는 개소리를. 모든 것은 결과로 말하는 거야. 뭣도 모르고 날뛰다가 된통 당해봐야 후회하지. 내가 좀 놀아 주는 척했더니 안 되겠어." 조이의 완강한 태도에 더 이상 미가를 두

둔하는 말을 할 수 없겠다는 생각이 들었다.

"야, 너 확실히 해라. 설마 미가 편드는 것 아니지?"

"내가 뭔 편이냐?" 그렇게 말했지만, 조이를 보면서 엄마가 아빠와 싸우고 나서 엄마 편임을 강요하던 기시감에서 헤어날 수가 없었다.

"조이야, 너 그런데."

"뭐, 말해 봐."

"너 침 뱉을 수 있어?" 조이가 잠시 머뭇했다.

"침? 침 못 뱉는 사람도 있어? 뱉어 볼까?"

"아니, 아니. 됐어."

"가자. 면학실 늦게 들어가면 죽는다." 조이는 나를 보지도 않고 뒤돌아섰고 나는 조이의 뒷모습을 보며 천천히 따라갔다. 우리의 거리는 점점 멀어지고 있었다.

학교에서도 집에 가서도 공부가 안됐다. 일단 엘리베이

터와 예비종이 어떻게든 마무리가 되어야 집중할 수 있을 것 같았다. 생각하면서 걷는 걸음이 더뎌 등교 시간이 길어졌다. 교문을 들어서서 학생부 선생님께 인사를 하고 선도부를 지나쳐 현관 앞에서 한 번 망설였다. 엘리베이터를 타고 5층에서 친구에게 눌러달라고 할까 망설이다 계단으로 발걸음을 옮겼다. 2층에 올라섰을 때 후배들이 게시판 아래 모여서 떠들고 있었다. 후배들 어깨 너머로 대자보가 보였다.

우리는 파블로프의 개가 아니다

"수업 시작 2분 전입니다." 수업이 곧 시작될 것을 알리는 예비종이다. 시작을 알리는 종이 있는데, 굳이 또 시작을 예비하는 소음을 들어야 할까? 파블로프의 조건 반사 실험처럼, 종이 울렸으니 침을 흘리는 개가 되라는 것인가?

2분 전 종이 울렸으니, 각자 자기 자리로 돌아가 책을 펴고 수업을 준비하라는 것은 비현실적인 요구이다. 2분의 꿀잠이 더 필요한 아이도 있고 나름대로 각자의 볼일이 있다. 그나마 주어진 10분의 쉬는 시간 중 2분마저 잘라먹는 것은 잔인하다.

종이 울렸으니 모두 같은 행동을 하길 바라지 말라. 누구도 그걸 강제할 수 없다. 시대에 뒤처진 경쟁의 논리를 우리에게 강요하지 말라. 학생은 통제할 대상이 아니라 주체성을 지닌 자율적인 존재이다. 5분 전에 수업이 필요한 아이는 자신의 주체적 판단으로 움직이고……

대자보를 우악스럽게 잡아뗐다. 후배들이 놀랐지만 난 거칠 것이 없었다. 미가가 쓴 내용일 것이고 학생부 도장 없이 게시하면 징계를 받을 수 있는 일이었다. 손에 전지를 꾹 쥐고 교실로 바삐 움직였다. 미가는 교실에 없었다. '그렇다면 누가 붙인 것일까?' 구겨진 전지를 다시 원상 복구하기는 이미 틀렸다. 미가를 기다렸지만 조례 시간에도 들어오지 않았고 4교시 수업 중에 등장했다. 시무룩한 표정으로 선생님께 고개를 숙이더니 자리에 앉았다. 4교시가 끝나자마자 조이가 미가를 불러냈다. 무슨 일일까 싶어 나는 이화를 데리고 같이 뒤따랐다.

"어떻게 할 건데?"

"조이야, 나는 예비종 문제 해결하고 너는 엘리베이터 추진하면 되잖아?"

"그러니까 끝내 나랑 해보겠다는 거야?"

"나도 정신없어. 그만하자. 담임 선생님 보고 바로 집에 가야 해."

"일을 이렇게 벌여 놓고 그냥 간다고?" 조이가 팔뚝을 걷었다.

"야, 야! 너희들 왜 그래? 별거 아닌 것 가지고. 야, 일단 밥 먹으러 가자. 배고파." 이화가 중간에 끼어들면서 헤벌쭉 웃었다.

"지금 밥이 넘어가?" 조이는 이화를 윽박지르는 말을 하면서도 미가를 째렸다.

"어어~." 이화는 더 크게 입을 벌렸지만 사태는 더 험악해졌다.

"갈 테면 가. 근데 너 지금 가면 진짜 나랑 끝장이야. 그거 각오하고 가." 조이 말은 점점 거칠어갔다.

"야. 왜들 그래? 이거 좋은 일 하자는 거잖아. 자, 냉정하자." 어떻게든 사태를 수습하려고 내가 나섰다.

"조이야, 너무 심각한 거 아니냐, 친구끼리."

"이화. 너도 분명히 해라! 시골에서 몇 명 되지도 않는 애들하고 경쟁해서 1등급 받고 잘난 척하는 게 눈꼴셔서 못 봐주겠다."

"조이야, 그걸 왜 여기서 말해. 너 친구끼리 말이 너무 심하다. 나는 누구 편도 아니다. 지금은 조이 네가 막가파다." 이화도 싸움에 가세할 판이었다.

"됐어. 야. 나 때문이야. 나중에 다시 얘기해. 나, 갈게." 등을 돌리는데 미가의 목 위쪽 재킷을 조이가 후려잡았다.

"아이." 미가가 아래턱을 내밀더니 다시 돌아서서 옷을 벗어젖히고 뒤돌아 나갔다. 뒤이어 이화도 뒤따랐다.

"조이야……." 뒷말을 하려다 참았다.

"뭐? 저것들 쌍으로 지랄이다." 조이가 너무 나가는 것 같았지만 더 이상 조이를 막지 않았다.

일과가 끝나고 조이가 3학년 반장을 학생회실로 소집했다. 내일부터 4, 5층을 사용하는 3학년이 엘리베이터를 타라고 학급에 전달하라고 했다. 하루에 두 개 반씩 조를 이뤄 이용하면 이슈가 될 것이라고 했다. 그다음 학생회에서 긴급회의를 소집하여 전체 학생의 의견으로 교장 면담을 추진한다는 것이었다. 학생회 집행부가 앞장서고 내일부터 적극적인 3반과 8반이 나서기로 하고 순번을 정했다. 몇 명의 반장을 제외하고는 달갑지 않은 눈치였다. 엘리베이터를 탄다면 좋겠지만 이런 일로 선생님과 마찰을 빚는 것이 싫을 것이다. 선생님께 찍히면 시간 낭비에 수시를 준비하는 학생에게는 치명적일 수 있다. 게다가 담임이 학생부에 좋지 않은 내용이라도 쓴다면 학종은 물 건너가는 것이 된다.

그날 밤 단체카톡방에서 엘리베이터를 이용해도 된다

는 교장의 가짜 메시지가 돌았다. 누가 처음에 보냈는지는 몰라도 누가 그 명령을 내렸는지는 짐작이 갔다. 우리 반 애들과 상당수의 학생이 등교 후 엘리베이터를 이용했고 그 편안함이 입에서 입으로 전달됐다. 이동 수업과 점심시간에도 엘리베이터 앞은 학생들로 붐볐다. 엘리베이터를 기다리다가 어쩔 수 없이 계단으로 뛰는 애들도 있었고 화를 내는 선생님도 있었다. 이화와 성빈이는 쉬는 시간마다 일부러 엘리베이터를 이용했다. 나도 조이를 돕고 싶은 마음에 점심시간에 용건도 없이 엘리베이터를 이용했다.

뭔가 일이 되어간다 싶었는데 5교시 이후에는 상황이 달라졌다. 학년 부장 선생님이 5층 엘리베이터 앞에 서 있자 학생들은 얼씬도 하지 않았다. 눈치 없이 아래층에서 엘리베이터를 이용했다가 5층에서 잡힌 아이들은 면벽 수행하듯 벽 앞에서 부동자세로 벌을 받았다. 엘리베이터 문이 열리고 눈앞에서 부장 선생님을 직면한 아이는 다양한 이유를 둘러댔다. 갑자기 다리를 저는 아이도 있었고 어떤 아이는 급성 빈혈이라도 걸린 듯 머리에 손을 대고 어지러운 표정을 지었다가 한 시간 내내 벌을 받았다.

어중간한 단체 행동과 벌을 받는 일이 반복되면서 엘리베이터를 이용하려는 학생과 계단을 이용하는 학생들 사이에서 묘한 감정싸움이 생겼다. 협조적인 반장과 무관심한 반장도 서로 갈등을 빚어 교과별 이동 수업 때 분위기가 살벌해지기도 했다. 뭔가 다른 대책을 세워야 한다는 얘기가 오가기 시작했다. 예비 종소리는 여전히 울리고 있었다. 이 와중에 미가는 왜 학교에 오지를 않는 것인지, 비겁하다는 생각이 들었다. 조이는 교실에서 미가를 대놓고 욕하는 일이 잦아졌다.

목요일 7교시 수업이 시작될 때 교내 방송이 나왔다.

"잘 들어라. 선생님 성격 많이 변했고 아주 많이 참고 있다. 내 성질 건드리면 좋을 것 하나도 없다. 지금부터 내 허락 없이 엘리베이터를 이용하다가 걸리면 죽는다. 곧 기말고사다. 쓸데없는 데 정신 팔지 말고 공부해라. 만약에 내 눈에 띄는 놈들은 가만 안 둔다. 그리고 반장들 제대로 해라. 그 반은 모두 연대책임이고 나한테 찍히면 학교장 추천 절대 허락하지 않는다. 지금부터 당장 시행이다. 이상!" 방송이 끝나자 친구들의 불평과 불만이 쏟아졌다. 화법과 작문 선생님이 들어오지 않아 아이들의 소리는 점점 커져만 갔다.

"조용히 해." 군중의 함성을 뚫고 외마디 비명 같은 소리를 질렀다. 조이였다.

"야, 이조이 어떻게 할 건데?" 이화가 조이 책상으로 다가가며 따지듯 말을 던졌다.

"뭘 어떻게 해. 너희들은 내가 하라는 대로만 하면 되는 거야." 책에서 시선을 옮기지도 않고 대수롭지 않게 대답했다.

"뭐, 시키는 대로?" 조이에게 다가가던 이화가 열이 올랐는지 목소리가 커져서 잠자던 성빈이까지 깨웠다.

"시키는 대로라고 안 했다." 여전히 조이의 자세는 꼿꼿하다.

"네가 방금 그랬잖아." 이화도 물러서지 않았다.

"유치하다. 나는 분명히 시키는 대로라고 안 했다."

"방금 해 놓고 또 거짓말이냐?"

"누가 거짓말을 하는데." 조이도 화가 났는지 책을 바닥에 던지며 의자에서 일어섰다.

"야, 다 앉아!" 이럴 때는 성빈이었다. 성빈이는 자리에서 일어났고 조이와 이화는 자리에 앉았다. 그때 선생님이 문을 열고 들어왔기 때문이다. 성빈이는 또 착각할 것이다. 자기 말이 대단하다고. 선생님의 수업 내용은 귀에 들어오지 않았다. 선생님은 수업을 마치면서 주변 정리 잘하라고 하고 종례까지 마쳤다. 으르렁대던 조이와 이화는 아무런 일도 없다는 듯이 제 갈 길을 갔다.

귀가 시간에도 엘리베이터 앞에는 학년 부장 선생님이 서 있었다. 엘리베이터를 이용하자고 교실에서 손을 잡고 나갔던 성빈이와 성수는 선생님께 예의 바르게 인사를 하고 우측 통행하며 복도로 내려갔다. 코로 웃음이 새어 나왔다. 뭔지 모를 패배감이 밀려왔다. 이화는 집에 갔으니 조이라도 위로하러 면학실로 갔다. 조이는 어디 갔는지 자리에 없었다. 조이 책상 위는 어지러웠다. 먹다 남은 초콜릿과 이온 음료 캔이 있었고, 캔 뒤에 빨간색 마트료시카가 있었다. 오뚜기처럼 생긴 것이 귀여워 보였다.

"뭐해?" 조이가 기분 좋은 일이 있는지 웃으면서 들어왔다.

"괜찮아?"

"너는 '괜찮아' 그런 단어밖에 모르냐?"

"걱정되니까 하는 말이지."

"관둬라. 가 봐." 진짜 괜찮은지, 무슨 좋은 일이 생겼는지 궁금해서 잠시 움직이지 않고 있었다.

"왜? 저거? 너 가질래?"

"인형 귀엽네."

"인형? 막대기야. 너 줄까? 미가가 준 건데 어차피 버릴 거라서."

"친구가 준 걸 버려?"

"난 처음부터 받을 생각이 없었어. 좋은 친구가 되자고 하면서 주더라고. 그때는 나에게 잘 보이려 하더니 완전 본색을……."

"야, 자리에 안 앉아?" 학년 부장 선생님의 등장에 나는 잽싸게 자리로 돌아왔다.

어차피 오늘은 학원 수업이 있어서 공식적으로 빠져도 되는 날이라 바로 스터디카페로 갔다. 미가는 보이지 않았다. 결석에다가 이곳에도 없으니 무슨 일 났는가 싶었다. 미가가 안 보이니 공부에 집중이 안됐다. 예상과 달리 일어나는 일은 나를 불안하게 한다. 불안감으로 손톱을 뜯었다.

집에 와서 미가에게 전화했지만, 멋울림만 들었다. 조이에게 전화했다.

"엘리베이터 어떻게 할 거야?"

"그게 궁금했어?"

"응." 찔리는 게 있어서 엉겁결에 짧게 말했다.

"미가가 궁금한 건 아니고?"

"내가 왜?"

"미가 하는 짓이 점점 맘에 안 들어. 사실 처음부터 좋은 감정은 아니었고. 이제 좀 괴로움을 당해봐야 뜨거운 맛을 알지."

"무슨 일이 있어?"

"너는 보고만 있어. 나서지 말고. 미가 네 옆에서 알짱거리는 것도 난 신경 쓰여."

"미가 안 그래."

"뭐? 너 미가 편드는 거냐?"

"내가 언제?"

"알았어. 나 과외야. 끊어"

"응."

여자의 예감은 무섭다는 생각이 들었다. 결국 미가 얘기는 듣지도 못하고 본심이 들킨 기분이었다. 그러고 보면 조이는 이 일의 시작부터 지금까지 한 번도 흔들림 없이 편안했었다. 무슨 속셈이 있는지는 모르겠지만 대단한 친구라고 인정할 수밖에 없었다.

오늘은 미가가 학교에 오겠지 생각하며 걷다 보니 어느새 교문을 통과하고 있었다. 현관 앞에서 엘리베이터를 한 번 더 보고 계단으로 올라갔다. 교실 칠판에 반장은 1교시 종료 후 학생회의실로 모이라고 적혀 있었다. 미가의 결석에 마음이 더 쓰였고 그럴수록 조이의 거침없는 행동이 얄미워지기 시작했다.

1교시가 끝나자마자 조이와 함께 학생회의실로 갔다. 반장이 다 모이자 조이가 학생회장 자격으로 중요한 결정 사항을 발표한다고 했다. 조이는 교장 선생님과 단독 면담으로 결정한 내용을 반 친구들에게 전달해 달라며 미리 준비한 종이를 돌렸다. 적힌 내용을 요약하면 학교를 사랑하는 3학년 선배들의 건의 사항은 공감하나 공론에 부칠 일이라 바로 수용하기 어렵다. 엘리베이터 사용은 안전과 에너지 정책 등을 고려하여 학생에게 무제한으로 허용할 수는 없다. 다만 학생의 불편함을 덜어주기 위해 학급별로 엘리베이터 이용 카드를 두 장씩 발부해 주고 자체적으로 가장 필요한 학생이 사용하도록 자율적으로 협의하라는 것이었다.

“예비종은 어떻게 되는 겁니까? 학생 게시판에 올렸던 대자보 내용이 1학년 단톡방에서 지지받고 있습니다. 예비종을 없애는 것이 더 필요하다는 친구들의 의견이 많습니다.” 똘똘해 보이는 1학년 반장이었다.

“예비종을 울리는 것은 현 학생회의 공약이었고 학부모의 지지가 있어서 당분간 현행대로 유지합니다. 더 궁금하면 3학년 7반 19번 이미가에게 물어 주세요.” 갑자기 튀어나온 실명에 후배들이 누구냐고 수군거렸다.

조이는 몇 명 반장의 웅성거림에도 아랑곳하지 않고 협상 과정에서 더 큰 것을 얻어냈다는 듯 자랑질이 이어졌다. 학교 규칙과 관련 내규를 검토하여 학생의 인권을 보호하고 신장하는 방향으로 전면 개정을 착수하겠다는 것이었다. 조이는 협의 결과를 설명하면서 은연중에 이 모든 것을 이뤄낸 학생회장을 추앙하라는 듯한 뉘앙스를 풍겼다. 그때 예비종이 울렸지만, 조이는 설명을 이어갔다. 지금 이야기한 모든 사항은 다음 주 월요일에 전체 학생들에게 공지하겠다고 했다. 그리고 7교시 자율활동 시간에 담임 선생님이 설명하고 추가로 건의 사항을 받는다고 했다. 손뼉을 치는 후배들이 많았지만 나는 하나도 공감이 되지 않았다. A4 복사지 위의 글씨는 썰물에 지워지는 모래사장 위의 글씨 정도일 뿐이다. 조이가 있어서 우리 반은 내가 더 설명할 필요도 없다고 생각하니 귀와 마음이 모두 굳게 닫혔다.

수능 시계는 흐르고 공부해야 할 내용들은 쌓여가는데 마음이 안 잡힌다. 큰일이다 싶다가도 '어떻게든 되겠지, 될 대로 돼라.'라는 자포자기의 심정도 있었다. 주말이면 학원과 집에서 공부했었는데 이번 주는 마음의 갈피를 잡지 못했다. '미가를 볼 수 있을까?' 하는 마음에 저녁을 먹고 나서 스터디카페를 갔다. 예상대로였다. 예상대로 일이 진행된다고 마음이 편한 것은 아니구나 생각했다. 기말고사 시즌이 가까워지면서 거의 만석 수준이었지만, 미가가 없는 공간이 공허했다. 일주일 동안의 학습 유인물과 진도를 정리한 파일을 미가 자리에 올려놓았다. 미가 좌석이 보이는 쪽에 자리를 잡고 책을 폈다. 시간이 흘러도 집중이 되지 않아 휴게실에서 에어팟을 끼고 음악을 듣는데 누가 뒤에서 등을 쳤다. 돌아보니 중학교 동창 나엘이었다.

"너 여기 다녀?"

"주중에는 기숙, 기말에는 여기."

"너희 학교 애들 잘하지? 거의 수시 아냐?"

"그건 애들이고. 특목에서 열라 공부해도 내신이 안 나와서 정시로 굳혔다." 은근 학교에 대한 자부심을 드러내며 친구들 이야기를 늘어놓았다.

"야, 너 혹시 여기 48번 좌석에 앉아서 공부하는 아이 아니?"

"알지. 여기서 자면서 공부하는 알바생. 우리 학교 차원희 이종사촌."

"중학교 동창 원희? 너랑 같은 학교?"

"응. 원희 엄마가 돌아가셨잖아. 췌장암 판정받고 원희가 많이 힘들어했는데 돌아가셨어. 원희는 내신 관리 잘했었는데 어머니 아프시다 돌아가시니 정신이 나갔어."

"아, 그랬구나. 그럼 미가가 원희 집에서 살았던 거야?"

"그렇대. 원희가 기숙사 생활을 하니까 엄마가 주중에는 미가를 너무 챙겨서 원희가 별로."

"그럼 미가는 지금 어디 있어?"

"야, 내가 그걸 어떻게 아냐? 원희가 미가를 하도 욕해서 그나마 이름 정도 아는 건데."

"그렇구나."

"뭐가 그래. 야, 나 들어간다. 열공해. 수능 마치고 보자."

나엘이는 자리로 돌아갔다.

나도 자리에 돌아왔지만 책이 눈에 들어오질 않았다. 미가의 지난 행동들이 떠오르고 그동안 미가를 욕했던 것이 미안했다.

'미가 부모님은 어디 계시고 왜 원희 집에서 생활한 거지?' 미가는 지금 어디 있을까 걱정이 됐다. 잠을 자러 다시 이곳으로 올 것 같았지만 무작정 앉아서 없는 아이를 기다릴 수만은 없었다. 속이 답답해서 밖으로 나왔다. 스터디카페 주변 상가와 공원을 돌아다녔다. 미가의 흔적을 발견할 수는 없었다. 두 시간 이상을 헤매고 공원 벤치에 앉았다. 누군가를 기다리는 자리는 외롭다. 기다림은 사람을 지치게 하고 없는 감정을 만든다. 어둠 속의 가로등이 미가 앞을 비추고 있을까 생각했다. 가로등은 환히 비추는데 미가의 자취는 보이지 않았다.

휴일 공부를 망쳤지만 새로 맞이한 월요일에 기대감이 있었다. 출근하시는 아버지 자가용을 얻어 타고 일찍 학교에 갔다. 1층에서 엘리베이터 버튼을 눌렀지만 움직이는 것은 없었다. 눌러도 올라가지 않을 것을 알았지만 생각 없이 몇 번을 눌렀다. 현관 쪽으로 오는 아이를 보고 잽싸게 계단을 뛰어올라 교실로 갔다. 아침 자습을 하는 애들이 있었다. 8시가 넘으면서 친구들이 뜨문뜨문 오기 시작했고 30분경에 드디어 미가가 나타났다. 반가웠다. 고개를 숙이고 모른 척했다. 잠시 후 미가가 등을 치더니 밖으로 나오라고 했다.

"감동이다. 정준수. 스카에 올려놓은 파일 고마워."

"뭐 그런 것에 감동해?"

"작은 것에 감동해야지. 내게 그리 큰 것이 오질 않을 테니까. 소박한 마음, 생각의 밥통이 작아야 행복할 수 있어."

"너답지 않게 왜 그래?"

"나다운 게 뭔데?"

"그게 뭔지 나는 모르겠지만 하여튼 너답게 살면 좋겠어." 이야기를 더 하려는데 복도에 아이들이 붐비기 시작했다. 내 마음을 받아 준 미가가 고마웠다. 그 정도 생각의 통으로 충분히 만족스러운 하루였다.

미가가 돌아온 월요일에 나의 일상은 원형을 되찾았다. 엘리베이터를 학급별로 자율적으로 이용할 수 있을 것이라는 대자보가 붙었다. 나는 오르비에서 공부하고 스터디 카페를 갔고 미가는 제자리로 돌아왔다. 미가는 학교에서 밥과 잠이라는 기본적인 삶의 요소를 상당 부분 충족하며 자신의 길을 찾아가는 것 같았다. 스터디카페는 미가의 일자리이자 잠자리였음을 알게 되었다. 그걸 모르고 마라탕보다 독한 아이라고 말했던 내가 싫어졌다. 학교와 스터디카페에서 미가의 표정은 밝았고 누구에게나 친절했다. 밝은 태양 이면의 짙은 그림자는 내가 알면 되는 일이었다. 침묵의 언어가 내 눈에는 보이기 시작했다. 미가가 보여주지 않아도 됐다. 미가는 자신에게 맞는 옷을 입고 있을 것이고 나는 그것을 보지 않아도 신뢰한다. 보이는 것보다 안 보이는 게 더 많고 눈으로 볼 수 없는 것들을 마음이 볼 수 있다고 믿었다.

평온을 찾던 나의 일상은 며칠 만에 깨졌다. 담임은 지난 주말에 있었던 일을 설명했다. 교육청 홈페이지에 우리 학교 학생이 예비종 울리는 것을 없애달라는 민원성 글을 올렸다는 것이다. 학생의 찬성 댓글과 학부모의 반대 글이 논쟁을 벌였고 급기야 월요일에 장학사가 학교를 방문했었다고 한다. 조례 시간에 담임이 신신당부하는 잔소리를 했다. 평소와는 달랐다. 뭔지 모를 비장함도 있었다. 결론은 기말시험이 일주일밖에 남지 않았으니 우리 반은 그 어떤 일에도 나서지 말라는 것이었다. 어찌 보면 이번 사태의 진앙지가 우리 반이나 마찬가지이니 담임은 교감 면담 정도는 했을 것 같았다. 담임은 조이와 미가를 데리고 교실을 나갔다. 조이는 바로 들어왔는데 미가는 2교시 수업 중간에 들어왔다. 이래저래 미가가 염려됐다. 학내 문제만이 아니라 이모를 잃고 마음도 아직 추스르지 못했는데 또 다른 어려움이 쓰나미처럼 미가를 덮치는 것은 아닐까 걱정이 됐다.

2교시가 끝나고 조이가 MBTI 상담실 멤버들을 복도로 불렀다. 성빈이는 자느라고 나오지 않았다. 조이는 자율동아리 활동 기록을 해야 학생부에 올리니까 일과를 마치고 하늘정원으로 모이라는 것이었다. 동아리에 관심을 보이지 않던 아이가 갑자기 소집한 것에 무슨 꿍꿍이가 있을까 싶었다. 회장이라고 시간 엄수까지 강조한다. 그런데

늘 늦게 나타나는 건 조이였다.

뭔가 뒤숭숭한 분위기로 오전을 보내고 조이, 미가와 함께 점심을 먹으러 갔다. 그런데 급식실 입구에 시그너스 후배들이 있었다.

예비종은
이제 그만!

우리는
파블로프의 개가
아니다.

피켓을 들고 침묵시위를 하는 것 같았다.

"수고." 조이는 웃으면서 후배들 근처까지 다가가서 격려하고 돌아왔다. 학생회장에 동아리 선배라서 격려해 주는 것으로 생각했다. 미가는 아무런 행동과 표정 없이 서 있었다. 3학년 남자애들은 손뼉 치고 소리 지르며 요란스럽게 급식실로 들어섰다. 우리가 밥을 먹고 나왔을 때는 그 주변에 아이들이 없었다. 오후 수업은 시험을 앞두고 선생님들이 자습 시간을 주었다. 자습과 취침은 같은 말이 아니었지만 자는 아이들이 더 많았다. 미가도 그중에 한

명이었다.

상담실 청소를 마치고 미가와 하늘정원으로 갔다. 조이가 파라솔 밑 의자에 앉아 있었다.

"일찍 왔네!"

"응." 시큰둥하다. 미가의 말에도 시선을 주지 않고 책을 계속 보고 있었다. 학내 문제로 부딪치고 그동안 미가가 학교에 나오지 않아 둘 사이가 서먹서먹해졌을 것 같았다.

"야, 오늘은 동아리로 모인 거니까, 내가 질문하는 것 너희 둘이 말해봐라." 별 반응도 없었지만, 분위기를 바꿔보려고 질문을 던졌다.

"학교 하면 생각나는 것 두 개씩 말해 봐. 조이 먼저."

"명륜고, MBTI."

"운동장, 엄마."

"좋았어, 하나만 더. 너희들은 저기 공원을 볼 때 숲을 먼저 봐, 아니면 나무를 봐? 이번에는 미가 먼저." 조이가 나를 째렸다.

"숲."

"나무. 그만하지!" 그때 이화가 막 뛰어 들어왔다.

"야, 미안, 미안."

"지각이야. 성빈이는?"

"성빈이야 벌써 학원 갔지. 야, 근데 내 화작(화법과 작문) 수행평가 점수가 15점이야, 최하야. 말이 되냐? 담임이 어영부영 얼버무려. 너희들만 아니었어도 꼬치꼬치 따질 수 있었는데, 일단 왔다."

"자율 동아리 앞으로 3번 활동해야 학생부 기록이 가능해. 그동안 미뤄서 그런 거니까 일단 이번 주에 한 번, 다음 주 목요일, 그리고 방학 앞두고 한 번 하자. 어차피 가라니까 순번 정해서 일지에 한 것으로 기록하자. 누가 먼저 할래?"

"내가 먼저 할게."

"그래. 그럼 미가 네가 먼저하고 그다음은 내가 하고 마지막에 준수가 해. 이화는 어차피 그냥 있는 거니까."

"뭐, 어차피 그냥 있는 거라고? 너는 계속 말을 좀 이상하게 한다. 이거 내가 만든 거다."

"야야, 이화야, 됐어. 얘기 끝났으니 가자. 집에 가고 면학실 가고. 가자, 가자." 내가 없었으면 이화가 조이 머리채라도 잡고 싸울 기세였다. 미가가 이화의 손을 잡고 자리에서 일어섰다.

"조이야, 기말고사 앞두고 신경 쓸 게 너무 많지?"

"그래. 너까지 신경 쓰인다." 냉랭하다.

"신경 꺼라." 내 말을 듣자마자 조이는 고개를 비틀어 나를 째려보고는 자리를 박차고 하늘정원 입구로 나갔다. 조이에게 그런 투로 말해 본 적이 한 번도 없었는데 이상하게 시원했다. 하늘 보고 한번 웃고 하늘정원을 벗어났다.

면학실을 지나쳐 교실로 갔는데 미가가 혼자 있었다. 나를 기다려 준 것 같아 기분이 좋았다.

"괜찮아?" 미가의 목소리는 포근했다.

"무슨 일 있었나? 괜찮지. 네 옆에 있는 나는 늘 괜찮다."

"뭐? 무슨 말이야?"

"야, 가자. 너 늦었잖아. 근데 왜 기다려?"

"안 기다렸어. 어쨌든 가자."

가방을 메고 나란히 운동장을 가로질러 갈 때까지 말없이 걸었다.

"미가야, 그런데 너 아까 학교 하면 연상되는 게 왜 운동장이고 엄마야?"

"그냥."

"뭐가 그냥이야. 말해 봐."

"하고 싶은 말이 산같이 쌓였어도 꾹 참을 때 그냥이라고 하는 거야."

"엥, 뭐야?"

"그냥이지 그냥."

"난 그런 대화 모른다. 운동장은 그렇다 치고 엄마는 뭐야? 그것만 말해줘."

"운동장이 엄마 품 같아서. 어떤 애들은 엄마 품에서 맘껏 뛰놀고 어떤 애들에겐 그 품이 없고."

그렇게 말하는 사이에 어느새 정문을 벗어나 건널목 앞

까지 이르렀다.

"참, 너 내 MBTI 뭔지 알았어?"

"응, 답을 벌써 찾았지."

"뭔데?"

"INFJ"

"No! My Basic Type is Invisible. 보이는 게 다가 아냐! 간다." 신호등이 바뀌고 미가는 반대편으로 바삐 건너갔다. 미가가 지나간 길에 M, B, T, I, N, F, J 알파벳이 허공으로 날아가고 있었다.

3.
도깨비 도로

끌려다니는 인생은 이제 그만하고 싶다.

출근하면 전주미 부장의 업무와 잔심부름에 집중할 수 없고 요즘은 시그너스 때문에 이름도 모르던 교장 명패를 여러 번 본다. 얼결에 시그너스를 맡은 것이 장기 계약의 자충수가 되지는 않을까 걱정이다. 이조이, 이미가, 정준수와 예비종 문제가 시그너스와 얽혀있다. 그동안 본색을 드러내지 않고 잘 버텼는데 내 능력 밖의 문제가 생기면 의지할 곳이 없어 외로움이 급습한다.

겉과 속이 다른 것이 사람이다. 사람은 사회적 생물이다. 생물을 쉽게 봐선 안 된다는 것을 복지시설에서 다 배

웠는 줄 알았는데 아직 멀었다. 순수한 여고생으로만 봤던 조이와 미가의 내면은 첫인상과 전혀 딴판이다. 사랑이 증오로 변하여 결별하는 연인처럼 조이와 미가의 감정은 전혀 다른 극성으로 치닫고 있다. 여전히 나의 직관을 믿고 싶어 하는 심사가 판단을 그르치는 일로 파생된다. 실력과 인성을 겸비한 아이, 지덕체가 조화를 이룬 교육현장에나 나올법한 모범생이 조이 같았다. 미가의 큰 키와 해맑은 얼굴에 사람을 기분 좋게 만드는 아우라는 남부러울 것 하나 없이 자란 엄친아로 보였다. 그게 다 틀렸음을 확인했으니 내 인생의 배움은 끝이 없고 나는 가르치기 이전에 배울 것이 너무나 많다는 것을 인정한다.

미가가 큰 걱정거리다. 나와 정반대 세계에 있는 아이인 줄 알았는데 명륜고에서 나의 청소년기와 가장 닮아있는 아이였다. 그래서 더 짠하고 티를 내지 않는 범위에서 정을 주고 싶다. 어쩌면 미가가 나보다 더 혹독하게 청소년기를 넘고 있는지도 모른다. 그 누구로부터 사랑받지 못함에도 만나는 사람들에게 활기찬 모습과 온화함을 표현하려니 속은 얼마나 끓을까? 그런데 학내 문제로 징계하겠다는 교감의 으름장에 때아닌 여름날에 한기가 서린다. 어떻게라도 미가에게 닥치는 불행을 막아야 한다는 뒤늦은 교육적 사명감에 밤잠을 설친다. 1학년 단톡방에 올린 예비종 반대 글, 교육청 민원을 제기한 것, 시그너스 후배를 움직여 시위했던 것이 다 미가와 관련이 있다고 단정하고 나와 미가를 연달아 불러내 정해진 그림에 퍼즐 맞추듯 우리를 취조하듯 물어댄다. 그럴수록 예비종 문제와 관련한 각 사안의 범인은 달라도 이익을 보는 자는 같을 것이라는 생각이 강해지고 있다. 나야 시험을 앞두고 한가하지만, 기말고사를 잘 봐야 하는 미가에게는 허비하는 시간이 치명적일 것이다. 시그너스 보컬이 되고 후배들과 노래를 연습하고 정작 체육대회와 졸업앨범 촬영이 겹쳤던 것은 성적에 영향을 주지 않았다지만, 내신이 대입으로 연결되는 이 시점은 촌각을 다투는 지점이다. 더구나 서울대 지역균형과 학교장 추천 대상자가 되려면 중간고사에서 아쉬웠던 영어와 수학을 만회할 물리적인 시간이 확보되어야만 한다. 다음 주만 잘 넘기면 되는데 미가 앞에는 정상을 쉽게 내주지 않는 악산의 8부 능선이 연속해서 이어지는 기분이다. 거기에 벼락같은 소식이 더해졌다. 기말시험의 중간인 화요일 오후에 학생선도위원회를 소집한다는 것이다. 설사 미가가 잘못한 것이 있고 반드시 징계를 내려야만 한다면 기말고사 이후라도 충분한데 굳이 왜 화요일이어야 하는지 화가 난다. 징계 이후 학사일정을 고려하면 교내 봉사의 시간이 확보되어야 한다는 교감의 설명은 나를 더 미가의 일에 관여하게 만들고 있다. 당신들이 그린 그림이 그렇다면 나는 다른 그림을 그리겠다는 골수에 박힌 반기가 스멀스멀 올라온다.

전쟁이다. 우선 우군을 모아야 한다. 일단 생각나는 사람은 우리 반의 MBTI 상담실 아이들이다. 가장 힘이 있는 조이를 먼저 불렀다. 아버지가 국회의원이고 재단 이사장의 친족이며 어머니가 학교운영위원회 위원장이다. 거기에 학생회장이고 시그너스 단원이었으며 미가의 친구이다. 미가와 예전만큼 친하게 지내지 않은 듯해도 조이는 미가와 접점이 많은 친구이다.

저녁 7시가 되어도 조이가 상담실로 오지 않아 내가 면학실로 갔다. 같은 학교여도 상담실에서 본관 면학실로 가는 길은 어둡다. 준수가 보여서 밖으로 불러냈다.

"조이는?"

"과외요. 조이는 시험이 가까워지면 집에 가요."

"너는 시간이 좀 있니?"

"왜요?" 나의 방문이 예상 밖이었는지 용건을 먼저 묻는다.

"미가 문제인데. 상담실에서 잠깐 이야기할 수 있을까?"

"그럼요." 준수는 밝은 얼굴로 나를 따라나섰다. 뒤따라오는 준수를 한 번씩 힐끗 보며 말없이 걷다 보니 면학실에서 상담실까지 거리가 꽤 멀게 느껴졌다.

"녹차 줄까?"

"아니요. 선생님 그런데 미가는 어떻게 되는 거예요? 왜 그렇게 자주 불려 나가요? 어디로 가는 거예요? 지금

시험 준비 기간인데." 가만두면 더 이어질 것 같아서 말을 끊었다.

"그렇지? 너도 공부해야 하고 바쁠 테니 하나만 부탁해도 될까?"

"예. 친구 일이라면 무엇이라도 할게요."

"미가 선도위원회 열리지 않게 할 수 없을까? 너희 부모님과 이사장님, 교장 선생님은 모두 아시는 사이잖아. 조이 부모님과도 친분이 두터우니 어떻게 안 될까?"

"그게 될까요?"

"선도위원회에서 징계받으면 학교장 추천 대상자에서 제외가 되잖아. 미가가 내신 1등이 된다 해도 학교 추천을 받지 못해."

"그건 아는데요. 부모님이 교내 징계에 개입하면 안 되잖아요."

"학교는 힘 있는 학부모로 움직여."

"학교는 학생의 힘으로 움직이는 거죠."

"아니, 그렇게 말하는 거지. 하여튼 지금은 그것 이외에는 방법이 없을 것 같아. 학부모의 민원이 이사회를 움직이는 가장 큰 힘이고 조이 어머님이 움직이면 다 가능하대. 그래서 조이에게 부탁을 하려던 것이었고."

"조이는 안 돼요, 쌤. 미가 고생하는 것 다 조이와 관련이 있을 거예요."

"그게 무슨 말이냐? 둘이 친구잖아."

"친구요? 선생님들 눈에는 그렇게 보이실지도 모르죠. 조이를 너무 쉽게 보신 거예요."

"그게 무슨 말이냐?"

"제 입으로 친구 험담하기는 그렇고요. 조이는 겉과 속이 달라요. 경쟁자는 용서 없어요. 최소한 미가와 관련된 일에서만큼은 더 심할 거고요. 조이나 걔 부모에게 기대하는 것은 어림없을 거예요."

"알았다. 그래도 지금은 부모님들이 움직이지 않으면 다음 주 화요일 선도위원회가 열려. 너도 알다시피 미가는 잘못이 없어. 그러니 뭐라도 만들기 위해 그렇게 불러대는 것이고. 힘없는 담임이라 뭐라도 해야 하는데 할 수 있는 게 없어서 그래."

"예. 무슨 말씀인지 알았어요. 미가 일이니 무슨 조건을 걸어서라도 제가 엄마를 움직여 볼게요."

"그래, 꼭 부탁한다." 준수의 손을 꼭 잡았다가 놀라서 얼른 놓았다.

"어서 가 봐라. 너도 시험 중요하잖아." 준수는 자리에서 일어서서 겸연쩍게 한마디 하면서 나간다.

"미가 일은 우리 일이에요." 문을 열고 나갔다가 다시 열고 한마디 더 한다.

"선생님, 감사합니다." 그 말이 내 마음에 박히자 내 고개가 힘없이 숙여졌다.

"미안하다."

집으로 가는 길에 스마트폰을 봐도 일이 어떻게 되는지, 준수의 문자는 오지 않았다. 귀가하며 교통비 정도 벌겠다고 배달앱을 이용하여 배달 몇 건씩은 했었다. 그런데 오늘은 학교에서 상담하다가 저녁 시간을 놓치니 배달

앱에 정보도 없다. 그렇다고 밖에서 야식이 쏟아지는 시간까지 기다릴 수도 없다. 7평 원룸에 반이나 차지하는 하얀 침대가 나를 맞아주었다. 침대만큼은 나를 포근하게 감싸주었다. 가방과 걸친 옷 그대로 침대에 몸을 뉘었다. 배고픔도 잊고 한참을 자고 일어났는데 여전히 기다리는 소식은 없고 지금 갈 수 없는 지역의 배달 정보가 뜬다. 집에 들어왔으니 오늘은 그냥 준수 전화만 기다리기로 했다. 대신 한 끼 굶으면 된다고 생각하고 시체 놀이에 들어갔다. 준수가 부모님께 말씀을 잘 드렸을까 궁금했다. 과외를 한다는 조이에게 전화할까 고민했다. 그러다 엉뚱하게 터치한 것이 전주미 부장 번호였다.

"누구세요?"

"부장님, 오영진입니다."

"아, 어쩐 일이야?"

"그냥요."

"그냥일 리가 없지. 말해 봐. 학교 일이야?"

"예."

"그럼 학교에서 말해. 자기 반 애들?"

"예."

"관여하지 말라고 했지? 모른 척해. 미가 때문에 그래?"

"예."

"그거 난 몰라. 그리고 자기야, 내일 우리 점심시간에 라떼 다섯 잔 부탁해. 교과협의회야. 많지 않지? 자기 힘들까봐 미리 말하는 거야. 들어가." 그러고는 전화를 끊었다.

'자기야? 질린다. 정말.' 참아야 한다. 잘 견뎠고 조금만 더 버티면 된다. 내년이면 나는 정규직 교사가 되고 너는 퇴직이다. 시간아, 제발 빨리 흘러라. 아는 척도 안 할 것이다. 열 시가 다 되어가고 있다. 기다리는 전화는 오지 않았고 덕분에 무더운 밤과 선선한 새벽을 피부가 다 받아냈다.

편의점에서 비싼 우유를 사서 기울어진 운동장을 지나 상담실에 들어섰다. 사무실 창문을 열어 환기하고 포트에 물을 올렸다. 늘어지는 화초에 물을 주고 컴퓨터를 켜는데 준수가 노크하고 들어왔다.

"어떻게 됐어?" 인사도 없이 용건이 튀어나왔다.

"안 된대요."

"그렇구나, 고생했다."

"철들고 어머니께 처음 부탁했는데, 그것도 안 된다네요."

"애썼다. 어떻게 부탁했는데?"

"제 부탁은 안 듣고요. 엄마가 조건을 제시해서 제가 하겠다고는 했어요."

"무슨 조건?"

"제가 수능으로 SKY 간다는 조건이요. 거기에 조이가 서울대 지균(지역균형 선발전형) 추천을 받아야 한대요."

"너야 공부해서 수능 잘 보면 되는 거지만 왜 거기에 조이가 붙지?"

"그러니까요. 조이 엄마랑 통화를 하더니 그게 조건이래요. 조이가 내신 1등하는 거랑 저랑 무슨 상관이 있다고."

"알았다. 고생했어. 고맙고."

나의 기대에 부응하지 못한 답을 가져왔다는 이유로 준

수는 더 처진 어깨로 상담실 문을 나갔다. 오늘도 라테에 침을 뱉을 것 같다.

선도위원회 참석을 위해 교장실 옆 운영위원회 회의실로 교무수첩을 들고 이동했다. 아이들은 벌써 다 집에 갔는지 보이지 않는다. 현관 대형 거울 앞에서 입을 씰룩이고 회의실 입구로 들어서는데 거기에 준수, 이화, 성빈이가 있었다.

"너희들 집에 안 갔어? 왜 여기 있어?"

"저희가 명륜고 MBTI 상담실이잖아요. 미가가 저예요."

"이화야, 미가가 왜 너야?"

"명륜고 MBTI 상담실은 원팀이요. 이화, 성빈이 저 모두 같은 마음이요. 미가가 벌을 받는다면 저희도 모두 같은 벌을 받아야 하는 거고요. 저희가 잘못이 없듯 미가는 여기에 올 이유가 없습니다."

"너희들 마음은 알았으니 가. 배고프겠다."

"선생님, 들어오세요." 그때 안에서 학생 지도 담당 선생님이 문을 열며 말했다.

반쯤 열린 문 사이로 고양이 걸음으로 들어가니 정면에 교감이 있었고 오른쪽에 학생부장과 전주미 부장 그리고 왼쪽에 학부모로 보이는 몇 분이 있었다. 그리고 바로 문 앞에 미가가 서 있었다.

"지금부터 학생선도위원회를 개최하겠습니다." 교감의 의사봉 치는 소리가 머리에 콕콕 찍히는 기분이었다.

"오늘 귀한 시간을 내 주신 위원님들, 학부모님께 감사드립니다. 특별히 운영위원장님께서 학생의 입장을 헤아리셔서 선도위원회를 화요일에서 시험이 끝나는 오늘로 연기해 주신 것에 대해 깊이 감사드립니다. 위원장님 한 말씀 해주시죠."

"별말씀을 다 하십니다. 아이를 가진 부모라면 당연히 그렇게 해야죠. 어떤 부모라도 시험을 보는 학생의 마음을 다 이해할 겁니다." 교감과 위원장의 티키타카가 귀에 거슬렸다.

"자. 배도 고프고요. 빨리 갑시다. 사건 개요는 나눠드린 유인물로 대체하겠습니다. 학생부장, 유인물에 나와 있는 내용에 이상이 없지요? 추가로 설명할 부분 있습니까?"

"없습니다."

"자, 그럼 이미가 학생! 교칙 위반 사항에 대해 지금 심정이 어떤지 말해 보세요."

"교감 선생님, 미가 자리에 앉아서 말하게 해주세요." 계속 서 있는 미가가 안쓰러워 그냥 넘어갈 수가 없었다.

"금방 말하고 나갈 것이라 그렇게 했죠. 학생부장님, 의자 있어요? 아니, 오영진 선생님께서 말씀하셨으니 그 의자를 좀 내주시면 안 될까요?"

"예. 안 되겠습니다. 하나 준비해 주세요."

"나 참, 시간 없는데 좀 협조합시다. 학생부장, 행정실 가서 의자 하나 더 가져오세요."

"아니요. 제가 좀 바빠서요. 학교 문제는 잘 알아서 해주실 거라 믿고 갑니다. 네가 미가구나. 우리 조이랑 잘 지내. 자. 이미가 학생, 이 의자 가져가요."

"왜 학생이 가져갑니까? 미가에게 의자 갖다주세요."

"오영진 선생, 왜 그래? 가만있어."

"아닙니다. 상담부장님, 그냥 두세요. 학생부장, 의자 학생에게 갖다줘." 분위기가 이상해지고 있다. 선도위원회 자체에 심사가 꼬여서인지 모든 것이 마음에 들지 않았고 그냥 넘어가고 싶지 않았다.

"자, 이미가 학생, 말해 보세요. 학생이 뭘 잘못했는지 아주 짧게 요약해서 말해주세요."

"바람이 불고 비가 오는 것에 이유가 있겠지만 자연 현상을 잘못이라고 말하지는 않을 것입니다. 제 행동이 다른 학생에게 영향을 주었지만 어떠한 의도도 없었고 제 생각을 표현하는 것에 무슨 잘못인 있는지 모르겠습니다. 오늘 선생님과 부모님의 결정이 어른다운 결정이길 바랍니다."

"이미가 학생은 잘못이 없다는 것인가요? 불법으로 교내에 게시물을 올려 학생들에게 유포하고 단톡방에서의 논쟁과 교육청에 민원을 제기하는 일을 발생하게 했습니다. 이 모든 것이 학생이 할 일이 아니고 우리 학교의 명예를 훼손시킨 것입니다. 그리고 학교에 나와 잘못을 반성하지 않고 연속으로 결석한 것은 학교의 정당한 지도에 불응한 것입니다. 이미가 학생, 왜 이런 행동을 했습니까?"

"그냥요."

"예? 그냥요? 여기 장난 아닙니다."

"저도 장난 아닙니다."

"좋아요. 그럼 하나만 더 묻습니다. 이 바쁜 시간에 학부모님들, 선생님들이 왜 여기 모여 선도위원회를 한다고 생각합니까?"

"괜히요."

"미가야, 그러면 안 되는 거야. 그럴수록 죄가 커져."

"상담부장님, 그냥 두세요. 이미가 학생은 잘못이 없기에 반성할 일이 없다는 거죠. 학교와 교사의 지도에 불응하면 학교 규정에 따라 강제 전학까지 가능하다는 것을 알아야 합니다. 이미가 학생, 전학 와서 분란을 일으키더니 다른 학교 가도 좋아요? 더 이상 할 이야기 없으면 나가 보세요."

미가는 당당했다. 의자에서 일어났는데 거인 같았다. 밖으로 나가자 친구들이 떠드는 소리가 들렸다.

"자, 회의 속개합니다. 이미가 부모님 들어오시라고 해주세요."

"부모 없습니다."

"부모가 왜 없어요. 뭐가 바쁘다고 자식 일에 나오지도 않고, 그럼 보호자라도 있을 것 아닙니까? 학생부장, 연락 안 했어요? 엄마 없어요?"

"제가 엄마입니다."

"오영진 선생. 이거 뭐 막장입니까?"

"신성한 학교입니다. 학교에서는 제가 이미가 학생의 부모입니다. 그동안 미가는 모든 선생님의 칭송을 받았습니다. 그런데 왜 오늘 미가가 여기에 섰습니까? 미가는 아버지의 얼굴을 알지 못하고 어머니는 유년 시절에 돌아가셨습니다. 아이가 세상을 살아갈 힘을 갖추지 못했다면 우리 사회가 아이에게 살아갈 힘을 주어야 하는데 지금 학교는 미가의 날개를 꺾으려 하고 있습니다. 미가가 이 자리에 있는 것은 미가의 행동이 아니라 다른 목적이 있는 것은 아닌지 미가의 보호자로서 묻습니다."

"목적이라뇨? 무슨 말을 하는 겁니까?" 교감의 소리가 커지는 것을 보니 뭔가 켕기는 구석이 있다는 확신이 들었다.

"미가를 다른 목적을 위한 도구로 삼지 말아 주십시오. 미가는 미가입니다. 그 자체로 존엄한 존재이고 미가는 부모님이 안 계셔도 누군가의 귀한 자녀입니다. 미가의 아름다운 노래를 멈추게 하지 말아 주십시오. 부탁드립니다."
분위기는 잠시 숙연해졌다.

"오영진 선생, 더 이상 할 말 있어요?"

"이미가가 학교에서 징계를 받아야 한다면 이미가에게 어떤 교육적 도움을 주지 못한 저에게도 징계를 내려 주십시오."

"학생에게 잘못이 있다면 담임도 자유롭지 못한 것은

맞는 이야기겠군요. 담임이 징계를 원하신다면 어떻게 해야 하는지 고민해 봐야겠습니다." 교감은 나의 대답에 뭔가 기다린 답이 나왔다는 듯이 더 빠르게 반응했다.

"한 가지만 더 말씀드리겠습니다. 줄탁동시라는 말이 있습니다. 병아리가 세상에 나오기 위해서는 병아리의 노력만이 아니라 밖에서 어미 닭이 알을 쪼아주는 것이 동시에 일어나야 한다는 말입니다. 지금 미가를 징계한다면 그것은 병아리가 알을 깨고 세상에 나오려는 노력을 막는 것입니다. 행복과 불행 사이에 다행이라는 말이 있습니다. 미가에게 다행이라는 단어가 세상에 있다는 것을 보여주고 싶습니다."

"말이 깁니다. 알았으니 이제 담임은 나가 보세요." 떨렸다. 문을 어떻게 열었는지도 모르게 나왔다. MBTI 상담실 아이들이 어미 닭을 발견한 병아리처럼 나에게로 다가왔다.

"야, 배고프지? 마라 먹으러 가자."

"와우~."

"선생님, 배고파요."

"그래. 배고플 때는 그냥 먹는 거다. 가자~."

금요일 출근까지도 속이 쓰렸다. 마라탕에 늦은 시간까지의 혼술보다 선도위원회의 장면이 속을 자꾸 뒤집어 놓았다. 그 자리에 있던 사람들의 표정과 깐족대는 전주미 부장을 떠올리니 어금니가 다물어졌다. 추파가 전달되었는지 심기가 불편한 기색의 오 부장이 말없이 들어왔다. 평소 같으면 '자기야, 라떼!'를 외쳤을 것이다.

"오영진 씨! 오늘 아침에 당신 계약 관련 회의가 있어. 1교시 기획 회의 마치고 바로 이어서 교장실에서 있으니 대기해."

"예. 라떼 드릴까요?"

"됐어."

"미가는 어떻게 됐어요?"

"묻지 마." 어색한 침묵이 싫어서 컵과 접시를 잔뜩 들고 복도로 나갔다. 개수대에서 물을 세게 틀고 그릇을 씻다가 나의 일신상의 문제가 걱정되었다. 지금 미가 걱정할 때가 아니라는 현타가 왔다. '학년말에 평가받아야 할 근무평정을 오늘 한다는 것인가?' 도마뱀 꼬리처럼 걱정 한 도막을 잘라내면 또 다른 걱정이 이어졌고 잘려 나갈 걱정도 살아서 꿈틀거렸다. 그때부터 몇 번의 종이 울렸지만 나는 자리에 멍하니 앉아만 있었고 드디어 교장실로 오라는 인터폰이 나를 일으켜 세웠다. 화장실에 들러 몰골과 행색을 가다듬고 교장실로 들어갔다. 번듯한 명패 앞에 교장과 좌우편에 교감과 행정실장 그리고 교무부장과 전주미 부장이 있었다.

"오영진 선생님, 그동안 고생이 많았죠? 한 학기 열심히 해 주셨는데 오늘 그 평가를 해야 할 것 같습니다. 2학기 계약도 있고요." 1년 계약이었는데 2학기 계약이라는 교장의 말이 무슨 의미일까 생각하는데 교감이 말을 이어갔다.

"오영진 선생님의 계약 조건은 3가지입니다. 기억하시죠?"

"예."

"잘 이행하셨나요? 3가지라는 것은 3가지 조건 모두라는 의미입니다." 교감의 말에 지난 선도위원회가 목에 가시처럼 걸렸다.

"시험문제, 진학 관리는 논외로 하고 학급 아이들의 문제에 관여하지 않는다는 조건이 있었다는 것을 잘 알 겁니다. 오영진 선생님, 어떻게 생각하십니까? 잘 지키셨나요?"

"불안정한 담임의 자리에서 계약 조건이 제 생각과 행동을 제약하는 일이 많았습니다. 욕구는 앞섰으나 계약 의무를 이행하려 노력했습니다. 그리고 미가 관련 건은 담임 이전에 교사로서 최소한의 양심에 의한 관여였습니다."

"그래요? 관여였다고요. 교사의 양심이라니 하나만 묻겠습니다. 청렴 관리감독관으로서 묻는 것입니다. 교사가 학생으로부터 금품을 받으면 됩니까? 받았다면 제게 신고했습니까?"

"받은 적 없습니다."

"그래요? 스승의 날에 안 받았습니까? 받았다가 신고 없이 돌려주는 것도 받은 것입니다." 아뿔싸! 조이에게 받은 봉투가 눈앞에서 아른거렸다. 며칠 후 돌려준 것이 떠올랐다.

"교감 선생님, 됐어요. 옆에서 지켜보던 전주미 부장은 오영진 선생님의 교사로서의 업무에 대해 어떻게 생각하는지 말씀해 주세요."

"교사의 기본은 학습과 생활을 지도하는 것입니다. 오영진 선생님은 시험문제를 출제하지 않습니다. 즉 평가를 하지 않습니다. 교사가 평가권을 포기하는 것은 교사 자격에 심각한 문제가 생기는 것입니다. 그리고 담임이 학급 아이들을 정성으로 돌보지 않는다면 교실에 있어야 할 이유를 상실한 것입니다. 어느 학부모가 그런 담임을 믿고 자녀를 학교에 보내겠습니까?" 이럴 수가 있나 싶었다. 머리가 하얗게 되어가고 있었다. 생각하기에 따라 나의 계약 조건은 언제라도 나를 잘라낼 수 있는 조항이었다는 것을 이제야 알게 된 것이 뒤늦은 후회로 밀려왔다.

"교무부장. 퇴직했던 3학년 부장 아니 최복기 선생님은 복직이 바로 가능한가요?"

"예, 교장 선생님. 어제 연락을 했는데 언제든 학교로 돌아올 수 있다고 했습니다."

"행정실장님, 최 부장의 복직에 행정적인 문제 있습니까?"

"없습니다. 오영진 선생님은 다른 학교 기간제 교사할 때 정당 후원을 한 기록이 있습니다."

"알겠습니다. 더 말씀하실 분 있습니까? 없으면 돌아가서 일 보세요. 이사회에서 결정하고 통보하겠습니다." 하나둘 자리에서 일어나고 전주미 부장이 나의 어깨를 건드릴 때야 자리에서 일어났다. 어지러워 학생 화장실에서 한참을 앉아 있다가 3교시 시작종이 울리는 것을 듣고 상담실로 갔다.

"오영진 씨, 이리로 앉아 보세요." 호칭이 바뀌었으니 뒷말을 듣지 않아도 어떤 말이 이어질지 대충은 짐작이 갔다.

"내 말 들었으면 이런 일이 없었을 것 같은데. 계란으로 바위를 뚫을 수는 없는 거잖아."

"부장님이 그러실 줄은 몰랐습니다."

"뭘 그러실 줄 몰랐다는 거야?"

"저를 이용하신 거잖아요. 최부장님 자리에 잠시 앉혀 놓을 허수아비가 필요했던 거잖아요?"

"누가 허수아비야. 계약 조건을 이행하지 않은 것은 오영진 씨야."

"저, 아직 선생입니다. 그리고 여기는 학교입니다."

"선생이라고 다 같은 선생이야?"

"같은 선생은 아니어도 똑같은 감정을 느끼고 있는 인간이고 최소한 학생들에게는 똑같은 교사입니다."

"아니, 아이들도 다 알아. 자기가 반쪽짜리인 거."

"부장님, 정말 너무 하십니다. 부장님 생각이 그렇다고 다른 사람 앞에서 저를 꼭 그렇게 말씀하셔야 했나요? 그럼, 부장님은 반의 반쪽짜립니까?"

"뭐, 이제 막가자는 거야. 말 그렇게 함부로 할 거야?"

"부장님은 말씀을 잘하셨어요?"

"내가 뭐 못 할 말 했어? 나는 오영진 씨가 아니라 교사에게 기본이 되는 업무에 대한 일반적인 이야기만 한 거라고."

"제가 그리 싫으셨어요? 제가 이 자리를 얼마나 원했는지 아시잖아요?" 전주미는 잠시 뭔가를 정리한 듯하더니 톤을 낮춰 이야기했다.

"최복기 선생 2학기에 복직하고 내년에 교감 될지도 몰라. 조이가 서울대 가면 최 선생이 교감 될 거야. 세상눈이 무서워 최 선생이 밖에서 입시를 돕고 있는 거야. 조이만 잘되면 다 잘 풀릴 거야. 그때 자리 나니까 다시 학교와 장기 계약하라고 내가 말해줄게." 더 이상 말을 할 수가 없었다. 하도 어이가 없어서 자리에 풀썩 주저앉았다. 더러웠다. 아무도 없었다면 펑펑 울 상황이었지만 전주미 앞에서는 눈물을 보이고 싶지 않았다. 얼굴에 침을 뱉고 싶었다. 미동 없이 한참을 앉아 있자 전주미가 가까이 다가왔다.

"나 조퇴했어. 주말 잘 보내. 미안."

"부장님, 저한테 미안하다고 하셨어요? 미안이라는 단

어를 아세요?"

"야! 뭐 저런 게 다 있어? 다 들어주니까!" 전주미는 문을 박차고 나갔다. 다리에 있는 힘을 다 주고 일어서서 자리에 앉았다. 마우스를 움직이자 모니터에 영서가 나타났다.

'귀여운 내 딸 영서야.' 영서는 해맑게 웃고 있었다. 그때 원수의 전화가 왔다. 원수가 옆에 있었다면 내 삶이 달라졌을까 생각이 들었다.

"여보세요. 영서 바꿔준다." 정신이 바짝 들었다.

"엄마, 내 생일에 뭐 해 줘?"

"영서 생일이지. 뭐 해 줄까?" 딸의 생일임을 까맣게 잊고 있었다.

"여기 와. 영서한테. 엄마 배 아팠지? 영서 나올 때 많이 아팠어?"

"응. 많이 아팠어."

"지금도 많이 아파?"

"응. 엄마 지금 많이 아파."

"어엉. 왜 아파?" 영서의 우는 소리와 애 아빠의 달래는 소리가 동시에 들렸다.

"왜 애를 울려?"

"영서 바꿔줘."

"됐어. 끊어." 전화가 끊겼다. 다시 전화를 걸었지만 받지 않았다.

'내 딸 영서야, 미안해. 엄마가 많이 미안해.' 눈물이 흘렀다. 땀처럼 흘렀다.

월요일에 희망을 안고 출근했던 날이 행복했다. 지금은 사형이 언제 집행될까 기다리는 시한부 인생의 자리를 지키고 있다. 학생부 기록을 3학년 부장에게 넘겼으니 전주미 말대로 나는 담임이 아니다. 기다리던 떡이라고 생각 없이 덥석 문 내 꼴이 우스웠다.

"선생님!" 준수가 밝은 얼굴로 문밖에서 말을 한다.

"조이 기말고사 잘 봐서 올 1등급 나올 것 같아요."

"조이가 잘되니까 좋아?"

"아니요. 미가가 잘될 것 같아서 좋아요."

"미가도 시험을 잘 봤구나."

"미가는 망한 것 같아요. 그런데 조이가 시험을 잘 봐서 아마도 선도위원회에서 미가의 잘못을 묻지 않을 것 같대요."

"누가 그래?"

"엄마요. 조이 엄마가 그렇게 말했대요." 아침부터 어이상실이다. 결국 조이를 주인공으로 만들기 위해 희생양이 필요했다는 생각이 들었다.

"선생님!" 이번에는 미가였다.

"아아 드세요?" 편의점에서 판매하는 아메리카노를 들고 왔다.

"잘 마실게. 괜찮지? 오늘 집에 가기 전에 너 편할 때 아무 때나 들러라."

"예." 미가는 여전히 누구에게나 밝다. 자신의 감정을 숨길 때는 더 밝다. 미가가 나가면서 동시에 교무부장이 들어온다.

"오 선생님!"

"안녕하세요?" 주말을 어떻게 잘 보냈는지, 건강은 어떠신지 등 시답지 않은 인사성 멘트를 계속 날린다. 창밖을 보면 학교 이야기를 하고 시선을 안으로 돌리면 상담실 이야기를 하고 용건을 꺼내지 못하고 이야기가 빙빙 돈다.

"말씀하세요. 괜찮아요."

"예. 교감 선생님께서 하실 말씀인데요. 교감 선생님과 상담부장님은 오늘부터 해외 연수로 출근하지 않으셔서 제가 말씀을 드려야 해서요." 그러고도 계속 머뭇거린다. 종이 울리자 그제야 말을 한다.

"오영진 선생님, 2학기에는 최복기 부장이 복직합니다. 선생님은 이번 주까지만 출근하시고요. 월급은 8월 말까지 나오도록 재단에서 배려했습니다." 배려라는 말에 손에 뭐라도 쥐고 있었다면 땅바닥에라도 던졌을 것이다.

"저는 나오지 말라면 그냥 안 나오는 건가요?"

"죄송합니다. 선생님께서 나가는 대신에 이미가는 학교 잘 다니게 됐어요. 학교가 조용해져서 반성문 제출로 마무리하기로 결정이 났어요."

"미가가 조이보다 시험을 잘 봤으면 학교가 시끄러워질 뻔했나요?" 교무부장은 대꾸하지 않고 운동장을 바라보았다. 그러고는 슬며시 상담실을 벗어났다. 정해진 수순으로 진행되는데 일개 기간제 교사가 막을 방법은 없을 것 같았다. 수업과 업무도 하지 않고 7, 8월의 월급을 받는 것이 더러웠지만 그조차 거부할 수 없는 내 상황이 더 구질구질했다. 티 내지 않으려 발버둥 치며 살아도 누군가와 비교가 되면 자연스럽게 내 수준이 보이는 현실이 싫었다. 거지 같은 기분에도 수업하러 교실에 들어가야 하는 것도 싫다. 그런 기분으로 수업을 하는 것은 학생에게도 도움이 되지 않을 것이다. 지식 전달을 떠나 학생들에게 나쁜 기운을 뿌리고 나오는 것이 된다. 미인정 조퇴라고 말리던 나를 뿌리치고 학원으로 갔던 성빈이의 용기가 부러웠다.

이 순간 전주미가 없다는 것만이 다행일 뿐이다. 한 시간을 멍때리고 7반 수업을 들어갔다. 어쩌면 마지막 수업이 될지도 모른다는 생각이 들었다.

"그동안 EBS 지겨웠지? 오늘은 교재 없이 수업하자." 무엇을 해도 관심이 없는 소수의 아이를 제외하고는 눈빛이 반짝였다.

"뭐 궁금한 것 없니? 누가 먼저 질문을 해줄까?"

"선생님 MBTI 뭐예요?" 이화였다.

"마이어스와 브릭스 아는 사람?" 몇 명의 아이가 손을 들었다.

"많이 아네. 엄마와 딸이 재미로 나눈 이야기에 우리가 이렇게 열광하다니 그 모녀는 엄청 기쁠 거다. 다큐로 듣지 마라." 아이들은 싱글거리고 반응은 좋았다. 조이의 귀는 열려있는 듯한데 고개를 숙여 책을 보고 있다.

"나는 내향형 I야. 그런데 교사를 할 때는 외향형 E가 돼. 나는 감정형 F인데 교사가 되면 사고형 T로 된다. 인식형 P인데 선생님을 할 때는 판단형 J가 된다. 그런데 직관형 N은 변함이 없어. 그래서 지금은 ENTJ야. 그런데 이건 진정한 내 모습 같지 않아."

"에이~." 처음에는 좀 듣더니 그런 게 어디 있냐는 식으로 아이들이 소리 지른다.

"알았어. 지금부터는 내가 심리테스트 하나 할 테니 너희들이 답변을 해봐."

"자습해도 돼요?"

"그동안 그랬잖아. 네 맘대로 하면서 뭘 묻지?" 내 답변에 조이는 당황하며 에어팟을 귀에 꽂았다. 내가 학교를 나가기 전에 반드시 한마디 해줄 아이가 조이다. 지금처럼 지낸다면 외교관을 해서는 안 된다고 말할 것이다. 외교관을 하려면 그에 맞는 인성과 자질을 갖추는 것이 필요하다고 말할 것이다. 화법과 작문 점수로는 최고지만 그 점수조차 어떻게 받은 것인지 의심이 가기 시작했다. 교내 시험은 1등인데 모의고사 3등급은 그 의심을 키웠다. 거기에 수업 시간의 태도를 보면 조이의 성장점은 멎은 느낌이다. 배움 앞에 겸손하지 않고는 더 이상 성장할 수 없다. 시간이 흘러 물리적으로 성장하는 것들이 있다. 나무는 죽지 않는 한 일정 기간 성장하지만 인간은 오히려 시간과 무관하게 오히려 정신적으로 퇴화하는 경우가 있다. 자신도 모르게 좋은 성적으로 성장했다고 착각하는 교만의 열매는 독이다. 조이는 겸손을 배워야 한다. 배워서 교만해진다면 차라리 수업 시간에 공상에 젖는 것이 낫다. 지금처럼 성장해서 조이가 외교관이 된다면 그건 나라 망신이 될 것이다.

"자, 한다. 생각하지 말고 느낌 그대로 답변하는 거다. 너희들이 사랑하는 연인이 병원에 입원해서 병문안을 갈 거야. 이때 꽃을 한 송이 사갈까, 아니면 한 다발 사갈까?"

아이들이 답변한다.

"다음, 꽃을 사서 병실로 갈 때 계단으로 갈까, 엘베(엘리베이터)로 갈까?"

"에이, 엘베요. 몇 층이요?" 반응이 다양하다.

"러브 이즈 필링이야. 묻지 말고 그냥 단순하게 느낌대로 대답해. 자, 꽃을 사서 갔는데 꽃병에 이미 꽃이 꽂혀있어. 그러면 같이 꽂을까, 그것을 빼고 내 것을 꽂을까, 아니면 옆에다 그냥 둘까?" 아이들의 답변은 더욱 적극적으로 변하고 있었다.

"이야기하다 창밖을 봤는데 창문을 활짝 열어놓을까, 닫아 둘까, 반만 열어놓을까? 자, 마지막 질문이다. 대화를 모두 마치고 돌아설 때는 엘베로 갈까 아니면 계단으로 갈까?" 아이들은 모두 답을 했고 나의 해설을 기다리고 있었다.

"자, 이건 재미로 본 거야. 너무 진지하게 반응하지 말고 가볍게 들어라. 꽃을 사갈 때 한 송이 사는 사람은 간절한 사랑, 못다 핀 꽃 한 송이 피우리라, 간절한 사랑을 하는 거야. 너는 내 인생의 전부이고 만약에 사랑이 잘못된다면 죽음까지도 생각하는 거야. 반면에 한 다발 사는 사람은 사랑도 인생의 한 부분이고 내가 할 수 있는 만큼, 누릴 수 있고 나눌 수 있는 만큼 정성을 다하는 사랑을 하는 거래. 다음 엘베로 올라가는 사람은 한눈에 사랑을 알아보는 사람, '오우, 바로 저 사람! 이건 운명이야'처럼 사랑을 맞는 사람이래. 그리고 계단으로 올라가는 사람은 단계별로 사랑이 발전하는 사람이야. 처음에는 괜찮은 정도, 어느 순간 사귀고 싶고 그다음에는 함께 산다면 어떻게 될까 상상하고 이런 식이지. 여기까지는 허용하고 아직 거기는 안 되고 등 단계를 밟아가는 사랑이야." 어떤 아이들은 내 이야기를 들으면서 메모하고 어떤 아이들은 답변하며 옆에 있는 친구와 토닥인다.

"자, 다음 꽃을 함께 꽂는 사람은 내가 상대를 사랑한다는 것에 의미를 두는 사람 즉 사랑하였으므로 행복하였네라, 그런 식이야. 꽂혀있는 꽃을 빼고 내 것을 꽂는 사람은 내가 너를 좋아하면 너도 당연히 나를 좋아해야지, 내가 너를 좋아하는데 다른 이성을 좋아하는 것은 내 눈에 흙이 들어가지 않는 한 절대 용납할 수 없다는 거야." 아이들의 함성이 커졌다.

"그리고 그냥 옆에다 두는 사람은 아직 때가 아니라면 기다리지요. 그러나 결국 너는 내 마음을 알게 될 것이고 나에게 올 것이라는 자신감을 갖는 사람이래. 다음으로 창문을 활짝 열어놓는 사람은 개방적인 사랑을 하는 사람, 나 이런 사람이야 그리고 너도 나에게 그와 같이 행동해 주기를 바라는 사람이래. 창문을 닫아 두는 사람은 슬퍼도 슬프지 않은 척 애이불비 그런 식으로 상대가 내 감정을 알아주면 좋겠다고 하고 자신의 감정 표현을 잘하지 않는 사람이래. 반만 열어놓은 사람은 자존심이 강하고 여기까지는 되고 여기는 안 되고 등 자신의 기준이 있는 사람이래. 끝으로 인사하고 나갈 때 엘베로 가는 사람은 연인과 헤어지게 되면 그래 관둬라, 세상에 남자가 너 하나냐, 잘 가라 쉽게 마음 정리하는 사람이래. 반면에 계단으로 내려가는 사람은 헤어지고 나서도 여전히 감정 정리 못하고, 저 노래는 내 노래고 촛불 켜놓고 질질 짜고 비 오는 날 싸돌아다니고 등등 잘 못 잊는 사람이래. 어때, 비슷해?"

"예!" 대부분 긍정의 함성이었다.

"또 해주세요."

"성빈이 누구 좋아하나 보다. 따로 오면 내가 더 많은 얘기해 줄게. 참 오늘 7교시 자율시간에 상담하고 싶은 사람은 상담실로 와라. 오늘 상담할 사람은 시간 관계없이 와라." 그때 종이 울리고 나는 교실에서 나왔다. 내가 곧 학교를 떠날 것을 잊은 수업이었다. 교실에서 나온 이후 다시 우울 모드로 돌아섰다.

"선생님!"

"성빈이가 어쩐 일이래? 학원 안 갔니?"

"상담해주신다면서요?" 성빈이의 방문은 의외였다.

"선생님, 저 잘할 수 있을까요?"

"응. 성빈이가 성빈이를 믿어주지 않으면 누가 응원해 줄까? 성빈이가 성빈이를 믿는 만큼 성공할 것 같아."

"연기는 어떻게 해요?"

"글쎄, 연기는 흉내 내기가 아니잖아. 치열하게 살아야 연기가 살고 연기자 성빈이의 진심이 시청자에게 닿을 거야. 뜨겁게 사랑해라, 성빈이의 삶을!"

"감사합니다, 선생님. 안녕히 계세요."

"끝이야?"

"예." 싱거웠다. 그러나 더 이야기해도 별다른 내용은 없었을 것이다. 상담은 아이 마음을 읽어주면 되는 일이다. 성빈이는 미가 선도위원회 이후 마라탕을 사줬더니 변한 느낌이다. 마라탕의 효과일까, 나의 열성 지지자가 되었다. 뒤이어 이화, 준수, 미가가 함께 들어왔다.

"너희들은 집단 상담할까?" 이화만 좋다고 하고 준수와 미가는 고개를 저었다.

"그럼 누가 먼저 할래? 급한 사람?"

"이화가 먼저하고 다음에 미가 그리고 마지막에 제가 할게요."

"그래. 이화만 남고 미가랑 준수는 교실에서 좀 있다 와라." 말이 떨어지기가 무섭게 미가와 준수는 밖으로 나갔다.

"자, 이화야, 얘기해 봐."

"뭐 얘기해요?"

"글쎄, 이화가 하고 싶은 이야기?"

"선생님." 덩치에 어울리지 않게 귀여웠다.

"저는 꿈이 없어요. 그래서 대학은 안 가려고요. 꼭 대학 가야 해요?"

"가지 않아도 돼."

"진짜요?"

"이미 너는 대학 갈 생각이 있잖아. 지금 부모님께서 원하는 정도의 대학에 갈 자신이 없는 거지. 내가 대학 가라고 말해주길 바라는 것 아닌가?" 이화는 본심이 들킨 사람처럼 눈만 끔뻑이며 나를 봤다.

"이화야, 욕심내지 말고 네가 할 수 있는 만큼 하고 대학 가면 좋겠어. 시간을 벌어 봐. 꿈을 품을 수 있는 시간을 갖는 거지. 어쩌면 꿈이 없는 것이 당연한 것 아닐까? 우리 사회가 너희들에게 꿈을 주지 못했잖아. 그럴 틈을 안 줬잖아. 수학 문제 풀고 영어 단어 외우고 시험 봐서 좋은 등급을 받으라고 했잖아. 좋은 대학, 사회적인 평가 고려하지 말고 네 꿈에 가장 가까운 학과로 진학해서 이런저런 경험해 봐. 그러다 보면 꿈을 발견할 수 있고 생각과 전혀 다른 길을 발견할 수도 있을 거야. 대학 이름 말고 너의 이름을 걸 수 있는 학과를 찾아가. 너는 중계하는 것, 가운데서 연결하는 것 잘하잖아. 그게 인문학적 상상력이고 너의 창의성이 어디서 꽃을 피울지 누구도 몰라." 꽃망울을 틔우듯 이화는 뭔가 희망을 발견한 것처럼 얼굴에 화색이 돌며 자리에서 일어났다. 그러고는 인사하고 뒤도 돌아보지 않고 상담실을 벗어났다.

미가가 들어왔다. 큰 키에 부쩍 마른 몸매가 올리비아 핫세처럼 보였다. 드넓은 바다의 코발트색으로 보이던 미가가 오늘은 여리디여린 갈대처럼 갈색으로 느껴졌다.

"미가야, 말해도 돼!" 미가는 고개를 숙이고 가만히 있었다. 너무 할 말이 많아 쌓아 둔 말을 꺼내기가 어려울 것이다. 미가가 할 말이 많다는 것을 벌써 느끼고 있었다. 내 청소년기가 그랬다. 말하고 싶었으나 말할 사람이 없었고 속을 드러낼 곳도 없었다. 대학생이 되어서도 마찬가지였고 결국 나는 노래로 말했다. 미가도 그런 선택을 한 것인지도 모른다. 지금은 노래하지 않으니 우리는 동맥경화에 걸린 환자 수준일 것이다.

미가는 침을 뱉지 않았다면 살 수 없었을지도 모른다. 미가의 침은 나를 좀 살려달라는 소리 없는 외침이었다. 담임과 친구들에게 나에게 관심을 가져 달라는 요청이었다. 학교의 폭압에 대한 항거였다. 기숙사 사감을 하면서 알게 된 CCTV를 교실에 설치하고서야 미가의 공손한 침 뱉음을 목격했다. 처음에는 놀랐지만, 시간이 지나면서 충분히 이해할 수 있는 행동이었다. 내가 미가의 침을 확인하지 않았다면 미가는 여전히 미움의 중심인물이었을 것이다. 나와는 전혀 다른 세계에 사는 아이로 알고 미가의 목을 죄는 역할을 하고 있었을 것이다. 유대인을 가스실로 옮기는 기관사처럼 생각 없이 악행을 저질렀을 것이다. 그것을 생각하면 끔찍하다.

"선생님, 그냥 여기 좀 있다가 가면 안 돼요?"

"왜 안 돼? 그런데 미가야! 너는 너를 표현해야 해. 힘들면 힘들다고 해. 그게 네가 사는 길이야. 너 그러다 터져.

만두 알지?" 미가가 웃었다.

"선생님은 저와 같은 생활을 모르시잖아요?"

"너의 생활이 어떤데? 나는 어떻게 보여?"

"선생님은 엘레강스하시잖아요."

"미가야, 너 세상 볼 줄 모르는구나. 나는 너를 보면 꼭 나를 보는 것 같아."

"진짜요? 선생님이 어떻게 저와 같은 면이 있어요?"

"우린 똑같이 침을 뱉잖아." 미가의 눈이 휘둥그레졌다.

"미가야, 너를 표현해. 아무것도 드러내지 않는 게 네가 아냐. 그건 너를 죽이고 있는 거야. 너다운 걸 찾고 표현해." 미가는 고개를 숙였다.

"미가야, 너답게 너의 길을 가. 이제는 네 노래를 불러. 남을 의식하지 말고 네 노래를 해." 말을 하다 보니 감정이 입이 되어 더 이상 말을 하기가 어려웠다. 아무 얘기도 하지 않고 십여 분을 그냥 보냈다.

"미가야, 우리 노래 들을까?"

"예. 그냥 여기서 자고 싶어요."

"그래, 지금처럼 하고 싶은 걸 말해. 근데 너 일하러 가야 하잖아? 노래 한 곡만 듣고 우리 일어서자."

"예. 선생님!"

명륜고에서 처음으로 내가 교사답다고 느꼈다.

밖에서 준수가 우리의 노래를 함께 듣고 있다는 것도 느꼈다.

그날 이후 명륜고에서의 며칠은 행복했다. 시답지 않다고 생각했던 MBTI 상담실 아이들이 상담실에서 나의 보람이 되었다. 전주미 부장의 부재가 원인인지, 나의 태도가 변해서인지는 몰라도 아이들은 매일 내려왔다. 이화는 여전히 친구들과 선생님들의 성격 유형을 분석하며 검증받으러 왔고 성빈이는 바뀐 여자 친구를 데리고 왔다. 미가와 준수는 철학자처럼 그럴듯한 인생 얘기를 늘어놓는다. 잘 들어보면 미가는 분위기와 상황을 고려하고 준수는 언제나 논리적이고 분석적이었다. 준수가 원인과 결과를 따져서 결정을 내린다면 미가의 결정에는 가치관이 반

영되어 있었다. 미가는 상황에 따라 감정을 숨기고 선의의 거짓도 가능하다고 하는데, 준수는 정직이 최선의 정책이라고 했다. 이화 말대로 준수는 사고형 T이고 미가는 감정형 F였다.

내가 담임으로서 해야 할 마지막 일은 지방대학 탐방에 아이들을 보내는 일이었다. 이사장끼리 아는 사이에 재단 간에 상호 협약이 맺어진 것이 있어서 학급당 2명 이상은 반드시 참석하게 해 달라는 학년 부장의 부탁이 있었다. 마음에도 없는 대학에 가서 시간을 낭비할 수 없는 수험생들이기에 학생 동원은 어려운 문제다. 일단 미가는 갈 것이다. 미가는 늘 지방에 있는 대학의 입시설명회에 참가했다. 미가 성적에 맞지 않는 대학의 설명회라 의아했지만 나는 곧 알아차렸다. 미가의 숨통이 트이고 힐링하는 여행이 버스로 떠나는 지방 입시설명회였다.

점심시간에 부르지도 않았건만 MBTI 상담실 회원 4명이 왔다. 입시설명회 참석에 2명이 필요하다고 했더니 4명 모두가 당일 동아리 MT를 그 대학으로 간다고 했다. 2명만

가도 된다고 했지만 4명이 간다고 했다. 준수의 참석이 의외였다. 사고형 준수를 움직인 것은 어떤 감정일까? 준수는 자신의 감정조차도 철저히 분석해서 결정을 내린 것일까? 그것이 원인이 되어 이후에 준수에게 어떤 결과가 올 것인지 궁금했다. 조이는 점점 나의 시야에서 사라졌다.

명륜고가 내게 내린 통보는 두 가지였다. 무노동에 두 달의 임금과 그 어떤 것에도 관여하지 말고 조용히 나가라는 것이었다. 나머지는 학교가 알아서 한다고 했다. 미가에게는 연락처를 줄까 고민했다. 인연이 되면 어디선가 마주칠 것으로 생각하고 학교의 통보를 그대로 따랐다. 번아웃으로 거부할 힘이 없다는 것이 더 정확할 것 같다. 아무 일도 하지 않고 집에서 며칠을 보내고 여름방학을 맞았다. 내가 학교에 나가지 않는 동안에 그 누구의 연락도 없었다.

학교를 나온 이후 내 삶은 더 치열해졌다. 내년 영서의 생일에는 근사한 생일 파티를 해주겠다는 목표가 생기니 잠자는 시간까지 아까웠다. 누가 CCTV로 촬영해서 본다면 돈에 돌아버린 N잡녀의 삶이라고 제목을 붙일 만했다. 온몸에서 땀이 나고 기운이 떨어질 때는 딸 사진을 봤다. 남아버린 7월의 조각을 그렇게 보냈고 8월을 맞이했다. 간간이 일하면서도 기간제 교사 채용 공고에 눈을 돌렸다. 2학기에 다시 돌아갈 학교를 찾았다. 좋아하지도 않을 학교였어도 난 늘 학교를 그리워했다. 학교가 나를 품어주길 바라며, 학교가 보이면 잠시 걸음을 멈추고 아이들을 생각했다. 학교에서 아이들과 마음껏 사랑을 나누는 일을 하겠다던 어린 시절 은혜의 집에서의 꿈을 떠올렸다.

더위가 기승을 부리고 열대야 현상이 지속되면 도시가 비어간다. 어디론가 떠나고 대낮에는 인적도 줄어들었다. 낮에는 추운 마트에서 일하고 저녁에는 대리기사를 했다. 재수가 좋아 단거리에 배정되고 현금 팁이 던져지면 감사하다는 목소리가 커졌다. 젊은 여성 고객과 나이 많은 남성 고객이 싫었다. 자격지심이 발동하고 잔소리를 들어가며 운전하는 것은 고역이다. 말도 안 되는 자기 자랑과 함께 나의 신상을 물을 때면 인내심을 최고도로 발휘해야 한다. 그래도 공터에서 마냥 기다리다 허탕 치고 집으로 걸어가는 것보다는 고된 일이 나았다.

오늘은 명암이 교차한 하루였다. 초저녁부터 꼬리에 꼬리를 무는 배차가 있었고 차량도 모두 편안한 중형 국산차였다. 돈이 되니 몸이 피곤하지 않았다. 거기에다 미친 아저씨가 오만 원 한 장을 던졌다. 휴대폰으로 입금된 정보를 확인하고 더위와 피곤함을 잊었다. 그런데 10시 이후부터 배차가 되지 않았다. 내가 운행할 수 없는 곳이었고 그나마 고민할 만한 장소는 다른 사람이 채갔다. 11시가 다 되어 드디어 정보가 올라왔다. 목적지가 생소한 장소였지만 흘려버린 시간이 아까워서 덥석 수락하고 나니 돌아올 길이 막막했다. 유흥업소가 많은 지역에서 늙수그레한 노인이 앞좌석에 앉았다. 5분은 잠잠하더니 시선을 나에게 돌리고 말을 시킨다. 결혼은 했는지, 돈을 많이 버는지, 다른 일을 할 생각은 없는지, 휴가를 다녀왔는지 등 혈압 올리는 질문에 간단히 대답했다. 뭔가 의도가 있을 것 같지만 생각하기도 싫었다. 속도를 높이면 모니터에 빨간 불이 들어오고 아직도 가야 할 길은 멀었다. 겨우겨우 아파트 주차장에 도착했지만 주차할 공간이 없어서 몇 바퀴를 돌았다. 계산되고 나서의 시간과 재방송되는 듯한 취객의 말에 짜증이 올라왔다. 어서 버스를 타고 이동하여 전철을 타야 오늘 일당을 까먹지 않는다. 저녁을 먹지 못했고 몸과 마음이 지쳐 아파트 앞 편의점으로 들어갔다.

"어서 오세요." 점원이 인사하더니 등을 돌린다.

컵라면을 하나 집어 들고 계산대로 갔는데 점원이 모자를 눌러 쓴 채 포스기를 대고 말없이 계산한다. 라면을 하나 더 집어 들고 다시 계산대로 갔다. 포스기 소리가 경쾌했다.

"미가야!" 몇 초 후 피곤해 찌들어가는 두 눈이 마주쳤다.

"이리 와. 선생님하고 라면 먹자." 호들갑을 떨기에는 지쳐 있었다. 미가가 이런 곳에서 일할 것도 충분히 예상한 일이었기에 나는 놀라지 않았다. 컵라면을 몇 젓가락 뜨고 국물을 넘기고서야 대화를 이어갔다.

"괜찮아?"

"예. 재미있어요."

"또, 또! 아직 멀었구나. 뭐가 재미있어? 힘들지. 아직도 숱한 거짓말 던지면서 살지? 있는 그대로 표현하라고 했잖아."

"힘들어요."

"그래, 잘했다. 그렇게 말해야지. 그래야 네 속이 덜 썩는 거야."

"선생님도 힘들어. 그런데 지금은 너를 봐서 행복해. 몇 시까지 일해?"

"12시요."

"그래? 그때까지 선생님도 여기서 좀 쉬다가 가자. 힘들어서 집에 못 가겠다. 먹자. 먹고 말하자." 미가와 나는 말없이 컵라면을 먹었고, 다 먹은 컵라면을 치웠을 때쯤 교대하는 점원이 들어왔다. 미가는 짐을 챙겨서 나와 함께 편의점을 나왔다. 역으로 달려가려던 계획을 뒤로하고 편의점 옆에 붙어 있는 공원의 벤치에 앉았다.

"방학에 뭐 했어?"

"제주도에 갔었어요."

"수험생이 너무 하는 거 아냐? 제주에서 좋은 데 많이 갔어?"

"아니요. 도깨비 도로만 보고 왔어요." 미가는 관음사 근처에 텐트를 치고 일주일 내내 도깨비 도로만 보다가 왔다고 했다. 내리막길처럼 보이지만 오히려 오르막으로 올라가는 차들만 봤다고 했다. 자신의 고3 생활도 꿈을 향해 오르는 것처럼 보이지만, 실상은 내리막 인생이라며 씁쓸한 표정을 지었다.

"왜 한곳에만 그렇게 오래 있었어?"

"엄마를 찾으려고요. 거기서 엄마를 잃었어요."

"미안하다. 내가 괜한 것을 물었구나."

"아니에요." 미가는 그 도로에서 교통사고로 엄마를 잃었다고 했다. 천천히 운전하는데 음주를 한 현지인의 트럭에 치여 어머니께서 돌아가셨다고 했다. 네 살 때의 일이라고 했다. 어머니의 연고자를 찾지 못해 몇 년을 기다리다 관음사에서 장례를 치르고 화장하여 도깨비 도로에 뿌려졌다고 했다. 미가의 손에는 어머니가 관광지에서 사준 마트료시카가 있었다고 했다. 손에 쥐고 있던 하나는 잃어버리고 남은 마트료시카가 엄마의 유일한 유품이라고 했다. 어린 나이라 기억나는 일은 없고 그것도 들은 이야기였다고 한다. 관음사에서 생활하던 중에 여덟 살에 할머니가 찾아오셨고 그 이후로 할머니와 동해에서 살았다고 했다. 그러다가 중학교 입학할 때 대형 산불이 났고 삶의 터전을 잃은 할머니는 손녀의 병시중을 받다가 끝내 돌아가셨다고 했다. 그 이후 미가는 은혜의 집에서 생활했는데 원장의 딸과 사이가 나빠지고 큰 싸움을 벌인 후에 쫓겨날 신세가 되었다고 했다. 그때 이모가 1년간 보살핀다고 했는데 예상치 못한 변고로 어려움에 처한 것이라고 했다.

파노라마처럼 펼쳐지는 미가의 사연이 기구했다.

“미가야, 선생님 이야기 해줄까?”

“예.” 한참을 떠들던 미가도 나에 대해 궁금한 것이 많은 듯 호기심을 보였다.

“내 얘기는 너보다 한참 긴데 다 들을 수 있어?”

“예. 선생님, 오늘 여기서 자면 안 돼요?”

“여기서 어떻게 자?”

“잠시만요.” 미가는 다시 편의점으로 달려가서 소형 텐트와 돗자리를 들고 뛰어왔다.

“선생님, 여기서 자요. 제가 금방 칠게요.” 미가는 숙달된 동작으로 텐트를 치고 그럴듯한 잠자리를 마련했다. 그동안 많이 해 본 솜씨였다.

“에라 모르겠다. 나도 좋다.” 힘들게 달린 내 몸도 누울 자리가 보이자 긴장이 풀렸다.

“참, 선생님. 소원 말씀해 주세요.”

“뭔, 소원?”

“줄다리기요.” 체육대회 예선 때 내기에서 이겼던 기억이 났다.

"맞아. 무슨 소원을 말할까? 별을 따오라고 할까? 음. 마트료시카 하나 줘." 미가는 예상했다는 듯이 가방에서 가장 작은 인형을 하나 꺼냈다.

"항상 가지고 다녔어요. 말씀하시면 드리려고요. 가장 작은 것을 드리고 싶었어요."

"왜?"

"가장 깊은 곳에 있는 것이고 잘 잡히기에 가장 잘 놓칠 수 있는 것이요. 제게는 그게 꼭 엄마 같아요."

"그래, 미가야. 내가 엄마하자. 엄마 기념으로 나도 소원 하나 들어줄게. 말해 봐, 예쁜 딸!"

"손잡고 자요."

"그래. 이리 내, 손." 미가의 손을 끌어 내 가슴 위에 올려놓았다.

"오늘 밤에는 불나는 꿈 꾸지 않을 것 같아요."

"그래, 아무 걱정 말고 자. 엄마가 불나면 꺼줄게."

그렇게 멈춰 있었다. 한참 만에 서로의 얼굴을 보고 웃었다. 많은 이야기를 할 것 같았지만 우리는 말이 없었다. 미가가 먼저 곯아떨어졌다. 다 큰 아이가 아기처럼 내 품에 안겼다. 내가 살아온 이야기는 말이 필요하지 않았다. 그냥 꼭 안아주었다. 누가 봐도 괜찮았다. 우리는 세상에 둘도 없는 다정한 엄마와 딸처럼 보였을 것이다. 달이 참 고왔다.

4. 마트료시카

교실이 고요하다. 30명이 사용하던 공간을 절반이 사용하고 있고 그나마 등교한 친구들은 수업 시간과 무관하게 잠을 자고 있다. 1교시가 끝나자 영주가 교탁 쪽으로 나가더니 컴퓨터 마우스를 손에 쥐고 시선은 교탁 안 모니터로 향한다. 빳빳한 자세에서 거북목이 점점 아래로 고정된다. 잠시 후 뭔가를 확인한 듯, 자리에 쪼그리고 앉더니 고개를 숙인다. 어깨가 들썩거리고 흐느끼는 듯한 소리를 낸다. 그 누구도 영주를 의식하지 않고 있다. 나는 이제 반장이 아니라 교실을 관찰하는 파수꾼 같다. 무슨 일인가 싶어서 자리에서 일어나 앞으로 나가는데 영주가 자기 자리로 돌아와 책상 위에 엎드린다.

"하이, 친구들!" 이화가 담요를 허리에 두르고 등교하며 소리친다. 늦은 등교와 이상한 차림, 걸걸하고 큰 목소리까지 평소와 별반 다를 것이 없기에 다들 같은 동작을 이어가는데, 영주가 고개를 들어 이화를 본다.

"야, 너 왜 그래?" 단번에 붉어진 눈을 확인한 이화가 영주에게 한 걸음 다가간다. 그러고는 몇 마디 쏙닥거린다.

"미~친~~년!" 난데없는 욕에 잠을 자던 몇몇 친구들이 고개를 든다.

"영주, 미친년이다. 영주가 대학에 합격했다."

그제야 친구들이 영주 책상 근처로 몰려들고 왁자지껄한다. 그러고는 영주의 등짝을 때리고 손을 마주치며 축하해준다.

"넌 해낼 줄 알았어. 축하해! 멋져!" 이화가 영주를 안아주며 귀에 뭐라고 말하는 것 같았다. 교실에 있는 여자아이들이 뒤늦게 영주에게 합류하자 조이는 혼잣말하며 책을 들고 교실을 나간다.

'그것도 대학이라고 미친…….' 뒷문 앞에 있던 나는 조이의 목소리를 분명히 들었다. 최상위권 대학을 목표로 하는 조이 입장에서야 군소 도시에 있는 지방대학이 우습게 보일지 모르지만, 영주는 그렇게 원하던 유아교육과에 합격한 것이 무척 기쁠 것이다.

2교시를 알리는 종소리와 함께 조이가 앞문으로 들어오더니 출석부로 교탁을 치며 청중을 제압할 정도로 소리를 친다.

"야, 교실 혼자 쓰는 것 아니고 수능이 코앞이니 조용히 하면 좋겠어."

"어이, 싸가지." 이화가 허리에 두른 담요를 칼을 빼듯이 펼치며 일어서는데, 미가가 바로 이화를 잡고 밖으로 나간다. 여자아이들의 어색하고 싸늘한 분위기에 남자아이들은 아랑곳하지 않고 제출하지 않은 휴대폰으로 게임을 한다. 공감 능력은 개인차보다는 남녀의 차이가 더 크다는 생각이 들었다.

밖으로 나갔던 미가와 이화가 경제수학 선생님과 함께 들어왔다. 이번 시간도 자습이다. 수업을 이해하는 친구들은 거의 없었고 수능과 무관한 과목은 학교에서 외면당한다. 그나마 지도교사의 감독 아래 자습이 가장 경제적인 셈이다. 서로 신경을 건드리지 말자는 무언의 계약이라도 한 것 같이 묵언 수업은 진행된다. 끝까지 교실에 남아 자리를 지키는 교사는 양심이라도 있는 편이다. 경제수학 선생님은 거의 공식처럼 수업 종료 5분 전에 교실을 나간다.

"야, 대학에 못 미친년!" 기다렸다는 듯이 이화가 자리에서 일어서며 조이 쪽으로 걸어간다.

"그만해!" 이화보다 더 큰 소리로 미가가 소리를 지른다. 2학기 내내 조용하고 거의 말이 없던 미가의 큰 소리에 모든 시선이 미가 쪽으로 쏠린다.

"너나 입 닥쳐!" 조이가 미가를 보며 쏘아붙였다.

"야, 조용히 해!" 반장으로서 특권처럼 질러보는 말이지만 내 목소리는 이미 허공으로 퍼지고 만다.

조이에게 다가가던 이화를 미가가 잡으려 하자, 이번에는 조이가 미가를 잡아채서 밖으로 나간다. 나는 이화 앞을 막아서며 손으로 의자를 가리켰다. 언제 그랬는가 싶게 교실은 조용했고 쉬는 시간이 다 지나가도록 미가와 조이는 나타나지 않았다.

내 머릿속은 또 복잡해진다. '지금 둘은 무엇을 하고 있을까?' 학교가 인정할 정도로 선의의 경쟁을 하며 친했던 두 친구가 완전히 틀어졌다. 둘 다 말을 하지 않으니 덩달아 나도 그들 사이에서 어떻게 처신해야 할지 모르겠다. 속사정이야 알 수 없지만, 미가를 돌봐주던 이모가 돌아가시고 사실상 미가가 소녀 가장이 된 것이 알려진 이후로 둘은 말이 줄었고 같은 공간에 있지 않았다. 미가가 가정환경과 배경을 의식하지 않고 당당하게 행동하고 노래할 때, 미가 주변에는 친구가 많았다. 그런데 조이와 함께 예비종과 엘리베이터 사용 문제 등으로 학교와 맞서다가 미가만 징계받았고, 내신 성적도 곤두박질친 것이 다 알려졌다. 설상가상으로 고2까지의 성적이 알려진 것은 미가를 더 곤란하게 했다. 미가는 시골에서나 통하는 아이로 조이와 그 친구들의 머릿속에서는 이미 촌으로 유배를 보낸 것 같다. 2학기 들어 미가의 행동은 눈에 띄게 위축되었다. 노래하든지 아니면 지금처럼 풀이 죽어 있든지, 그것들 모두 미가의 모습인데 왜 조이의 행동이 변했을까 이해가 가지 않는다. 나는 미가의 어려움을 알고 나서 더 많은 이야기를 나누려 했고 지금은 더 친해졌다. 그럴수록 조이는 친구들 앞에서 미가를 외톨이로 만들어 버리려고 행동했다. 조이가 퍼트린 말들이 나중에는 거짓으로 밝혀지면서 조이는 우리 반을 벗어나려 했다. 급기야 가족여행이라고 하고 일주일씩 대치동에서 기거하며 학원을 다녔다. 지금은 더 이상 사용할 체험학습 잔여일 수가 없어서, 어쩔 수 없이 교실에 있으니 짜증이 나는 것도 이해가 된다.

4교시 수업 종소리와 함께 조이가 먼저 들어왔고 잠시 시차를 두고 미가가 들어왔는데 오른쪽 볼이 벌게진 것이 보이자 내 얼굴이 더 달아오르는 것 같았다. 무슨 일이냐고 속으로 몇 번이고 되뇌며 미가를 향해 시선을 줘도 눈을 마주칠 수가 없었다.

4교시 언어와 매체 수업이 시작되고 EBS 수능 완성을 풀기 시작한다. 수능에서 수학과 영어는 만점 수준이었지만 여전히 국어는 잡히질 않아 집중이 필요한 시간이었다.

'나 지금 뭐 하고 있니? 집중하자.' 수시 원서를 쓰지 않고 정시만 보고 달려왔기에 지금은 막바지 힘을 짜내야 할 시기인데 나의 관심사는 미가에게 꽂혀있다.

점심을 먹고 학교 건물을 한 바퀴 돌았다. 피부로 느껴지는 차가운 바람과 힘없이 떨어져 나뒹구는 낙엽에 불안감은 커진다. 이제는 다람쥐 쳇바퀴 도는 생활에서 벗어나고 싶다. 5층 복도에 들어서니 엘리베이터 앞의 수능 시계는 'D-18'로 깜빡이고 있다. 공부해야 할 내용들은 쌓여가는데 마음이 안 잡힌다. 큰일이다 싶다가도 '그래, 할 수 있어. 나 자신을 믿자. 친구를 생각하자.' 의지를 다지고 다시 집중한다.

오후의 교실은 더 썰렁하다. 학원에 간다고 조퇴를 한

아이들이 있기에 교실은 자습실과 수면실로 바뀐다. 오늘은 나도 몸이 늘어진다. 5교시에 영어 문제를 풀었는데 눈을 뜨니 7교시다. 나무늘보처럼 책상을 끌어안고 있는 친구들이 보인다. 그런데 미가가 보이지 않는다. 가방도 없는 것을 보니 조퇴한 것 같다. 그런데 미가 책상 주변에 나무 조각들이 흩어져 있다.

'저건 뭐지?' 처음에는 연필을 깎아 놓은 가루인가 싶었는데 그건 아니었다. 입자도 훨씬 굵고 불규칙하며 어떤 것은 작은 돌멩이처럼 보였다. 니스를 칠한 것 같은 나무색과 빨간색이 보이고 부분적으로 파란색도 보인다. 한입 물어 먹다 버린 작은 사과 같았다. 교실에 널려있는 쓰레기와 옷가지를 신경 쓰는 애들도 없다. 교실 청소를 했던 기억도 아련하고 주변 활동도 하지 않는데 칠판 상단 오른쪽에는 똑같은 이름이 10월 내내 그대로 쓰여있다.

친구들이 다 돌아가고 학교가 조용해지면 공부가 잘된다. 면학실에도 20명의 학생 중 8명 정도가 막바지 공부에 힘을 짜낸다. 우리 반에서 한때 면학실을 이용했던 조이와 미가 모두 보이지 않는다. 미가는 누군가 자신을 알아보지 못하는 공간에서 뭔가를 할 것이고, 조이는 족집게 과외를 한다는 소문이 돌았다.

잡생각에 오늘은 집중이 되지 않았다. 오전에 조이와 미가가 교실 밖에서 무슨 이야기를 했고 미가 얼굴이 붉어진 이유가 궁금했다. 무심코 조이 책상으로 갔다. 먹다 남은 커피가 담긴 일회용 플라스틱 잔과 초콜릿 껍질이 책과 뒤엉켜 지저분했다. 그런데 좌석표 아래 책 받침대 옆에 있던 목각인형이 보이질 않는다. 1학기 때는 자기를 지켜주는 아바타라고 말했던 기억이 났다. 그런데 지금 그 인형은 보이지 않는다.

그것도 잠깐, 조이 책상 앞에서 미가의 얼굴이 떠올랐다. 해맑게 웃어주던 얼굴, 감정을 담아 노래에 빠졌던 얼굴, 스터디카페에서의 다정한 얼굴 등 좋은 기억으로 남아 있던 잔상은 모두 없어지고, 흐린 날의 연속으로 해바라기가 시들어 고개를 숙이고 말라비틀어져 가는 그런 모습이 연상됐다. 고개를 저어봐도 좋은 모습은 떠오르지 않는다. 안 되겠다 싶어 가방을 챙겨 면학실을 나왔다.

미가를 알아갈수록 궁금증과 조바심이 커진다. 깊은 속 작은 모습까지 송두리째 보고 싶은데 겉으로 드러난 모습 이외에는 아는 것이 없다. 대학 진로 희망도 이해할 수 없다. 지금의 상황을 그대로 인정하고 기회균형 전형으로 지원하면 서울 소재 대학에 진학할 수 있는데, 무슨 자존심을 부리는 것인지.

"내가 좋아하고 나를 반기는 곳으로 간다." 친구들 앞에서 선언한 것이 무슨 의미가 있다고 왜 어리석은 길로 가려는 것인지 이해가 가지 않는다. 한마음 전형이면 몰라도 큰사람 전형이라니! 미가와 신촌에서 같이 공부하고 싶다는 꿈이 수포가 될 것 같은 예감이 든다. 미가는 기회균형이라는 말 자체를 인정하지 않는다고 했다. 기회는 결코 균형을 이룰 수 없기에 자신이 기회를 만들어 가겠다는 되지도 않을 똥고집이다.

입시 시계가 수능으로 향할수록 외부 시선과는 달리 학교는 황량한 벌판으로 변해가는 느낌이다. 수시에 반영될 성적과 학생부 기록이 마무리되었기에 선생님들의 말도 먹히질 않는다. 언론에서 말하는 고3 교실의 열기는 기자의 손가락에만 머물러 있을 것이다. 자본주의에서의 빈익빈 부익부는 학교에서도 그대도 드러난다. 교실의 아이들은 겨울잠 자는 동물에 가깝고 면학실의 아이들은 막바지 젖 먹던 힘까지 짜내려 한다. 면학실은 쉬는 시간에도 비는 자리가 없다. 심지어 면학실에 배정되지 않은 아이도 짬을 내서 도둑 공부를 한다. 그렇지만 저녁이 되면 자리가 널널하다. 맞춤식 대입 전략이라는 말에 취해 컨설팅업체에 돈을 쏟아부으러 다니는지도 모른다. 학생들은 대입이 자기 뜻대로 잘 안 될 것임을 피부로 직감하는데 부모님은 우리가 생각하는 그 이상으로 잘될 것이라고 믿는다. 대입 기대치에 대한 부모님과의 온도 차이로 마음의 병을 앓는 친구들이 많다.

나는 모의고사 성적이 잘 나오는 편이라서 진작부터 수능에 집중하고 있었다. 스펙이 좋은 친구들은 학생부종합전형으로 대입의 무기를 만들기 위해 노력한다. 조이의 스펙은 만들어진 학생회장으로서의 업적과 드러나지 않은 어머니의 지원일 것이고 미가는 소녀가장이다. 미가는 말하지 않았으나 미가 이야기가 교실에 널리 퍼져있다. 이 또한 대학이 모르는 조이의 스펙일 것이다. 미가 앞에서 대놓고 기회균형 전형으로 좋은 대학에 갈 수 있어서 부럽다고 말하는 애들도 있다. 생각 없는 친구들이 너무 많다. 자신이 던진 말의 결과는 생각하지 않는다. 그런 이야기를 웃어넘기는 미가는 멋졌다. 멋진 사람 주변에는 아름다움이 머문다. 미가는 친구들과 공정한 경쟁을 하겠다고 말한다. '약자가 말하는 공정이라니…….' 안타까움도 있고 해주고 싶은 말도 많았지만, 그냥 미가를 지켜보고만 있다. 때로는 미가를 염려하다가도 한 문제를 맞고 틀림에 따라 인생이 좌우될 것 같은 불안감이 엄습한다. 우선 내가 잘되고 볼 일이다. 지금은 보란 듯이 성공해서 미가에게 평생 고맙다는 말을 들으며 살고 싶다는 새로운 꿈이 생겼다.

대부분 친구들은 공부해야지 말만 하고 실제로는 공부를 가장 안 하는 학년이 3학년임을 인정한다. 잠도 많이 자고 대입 전략과 대학 이야기를 하다가 책을 덮고 집에 가는 날이 많다. 우리 반에서 가장 많은 대입 정보를 떠드는 친구는 이화일 것이다. 백과사전처럼 써놓은 대입 수험서를 펴놓고 친구들의 정보를 찾아준다. 성빈이는 대학에 합격하고 군대 갔다가 복학한 학생의 입에서 나올 법한 인생의 경험을 늘어놓기도 한다. 아마도 두 친구는 원하는 대학에 못 갈 것이다. 그렇지만 즐겁게 생활할 것이고 괜찮은 인생을 살 것 같은 예감이 든다. 명륜고 MBTI 상담실이라는 동아리로 묶이고 나서 더 친해졌다. 학급 반장으로서 나는 어려운 일이 있으면 누구보다도 협조적인 그들이 좋다. 진작 만났으면 더 좋았을 친구들이다.

오늘은 7교시 체육수업을 마쳤는데 갑자기 성빈이가 학원에 가지 않아도 되는 날이라며 농구 시합을 제안했다. 명륜고 MBTI JP 대회란다. 뭔지도 모르고 수업 후 체육관에 남았다. 요즘은 성빈이가 이화에게 관심이 생겼나 싶었다. 나는 적극적으로 찬성했다. 농구를 잘하는 나의 멋진 모습으로 시무룩한 미가에게 긍정의 에너지를 주고 싶었다. 몸이 근질근질하던 차에 잘됐다 싶었다.

"이화야, 팀은 어떻게 나눠?"

"내가 질문할 테니 같은 대답을 하는 사람들이 같은 편이다." 모두 동의했다.

"어떤 일이 있으면 바로 해버리는 스타일은 이쪽, 여유 있게 하는 스타일은 저쪽에 서." 이화 말에 다들 움직였다.

"나는 결정을 빨리하는 편이다, 이쪽. 바쁠 필요가 없다. 천천히 한다, 저쪽." 이번에도 같이 움직였다.

"더 할 것도 없는데 하나만 더 한다. 원리 원칙과 이분법이 편하다, 이쪽. 자유롭게 생각하고 융통성이 많다, 저쪽." 결과는 똑같았다.

"됐어. 더 해 봤자 내 입만 아프다. 준수, 미가 너희는 J 판단형이고 성빈이랑 나는 P 인식형이야. 내 판단이 정확했어." 나는 미가와 한편이 되었기에 바로 경기하자고 했다. 성빈이는 운동화 끈을 다시 묶고 화장실을 다녀오며 여유를 부렸다. 7골을 먼저 넣는 팀이 이기는 것이었고 여자만 슛을 할 수 있었다. 처음에는 성빈이가 의욕적으로 달려들었지만, 나에게는 어림없었다. 더구나 미가의 큰 키는 이화 머리 위에서 놀았다. 이화는 미가의 옷을 잡고 반칙을 했다. 이화는 농구가 아니고 피구하듯 공을 피했고 주짓수하듯 미가를 잡았다. 모처럼 미가의 활짝 웃는 모습을 보았다. 이기고 지고 할 것 없이 즐겁게 웃고 있는데 강당 출입구 쪽에서 전혀 예상치 못한 인물이 등장했다. 그녀는 웃으면서 우리 쪽으로 왔고 우리는 허리를 펴고 이마를 만졌다.

"얘들아, 준수 엄마야. 교실에 갔더니 여기 있을 거라고 해서."

"엄마가 여기 왜요?"

"오늘 운영위원회. 생일인데 아침에 미역국도 못 해줘서."

"괜찮아요. 이제 집에 갈 거예요."

"네가 미가냐?" 1학기 선도위원회 때문에 내가 한 말을 엄마는 기억하고 있는 듯했다.

"예."

"너희들이 MBTI 상담실 학생들이니?"

"예."

"그렇구나. 너희들 우리 집에 갈 수 있니? 오늘이 준수 생일인데. 괜찮으면 시간을 좀 내주면 좋겠는데."

"좋아요. 어머니." 성빈이와 이화가 큰 소리로 답했다.

"미가야, 너는 시간이 안 되니? 같이 가면 좋겠는데. 간단하게 저녁 정도만 먹고 가면 어때?"

"예."

"고맙다. 그럼 나는 가서 생일상 준비할 테니 준수 너는 6시 반까지 친구들 데리고 와라." 그러고는 가버렸다. 오늘도 그렇고 엄마는 늘 일방적이다. 엄마의 제안은 늘 요청이 아니라 통보였다. 그걸 따르기만 하면 편했는데 오늘은 마음이 불편했다. 다행히 성빈이와 이화가 너무 좋아했고 미가에게 내 방을 보여줄 기회가 생긴 것이 좋았다.

학교에서 샤워하고 짐을 챙겨서 친구들과 같이 걸었다. 미가는 말없이 따라나섰고 이화와 성빈이는 초등생이 소풍 가는 것처럼 들떠있었다. 이화가 미가의 기분을 살펴줘서 그런대로 즐겁게 이동했다. 정리 정돈이 잘된 방과 서랍 속 일기장도 슬쩍 보여줄 생각이었다.

이화는 펜트하우스를 보고 싶었다고 했고 성빈이는 리트리버와 놀 수 있느냐고 물었다. 20층 엘베가 열리고 지문 인식으로 현관에 들어서자 까미가 반갑게 나를 맞아주었다. 펜트하우스로 이사 오고 정원이 생겨서 내 동생으로 아버지께서 선물해 준 리트리버였다. 까미가 없었다면 나는 아무리 이 집이 근사하더라도 들어오고 싶지 않았을 것이다. 까미는 우리 주변을 돌고 나와 교감하더니 코를 킁킁거리며 미가 옆으로 달라붙는다.

"와, 까미 정말 똑똑한데." 성빈이가 까미를 안으려 하자

자기 집으로 뛰는 척하다가 다시 돌아서 우리에게로 왔다.

"어서 와라. 환영합니다. 이쪽으로 오세요."

테라스 쪽 정원에 식탁을 준비해 놓았고 그 뒤편에는 악기를 든 누나들이 있었다. 비올라를 든 누나는 몇 번 봐서 낯이 익었다. 방을 보여줄 시간도 없이 자리에 앉았다. 집사가 음식을 가져다주었다. 미역국은 없었고 스파게티와 파스타 중심의 이탈리안 음식과 초밥에 샐러드가 다양했다.

"얘는 왜 안 오지? 같이 먹으면 좋을 텐데." 엄마 말이 떨어지기가 무섭게 현관 앞에 조이의 얼굴이 비쳤다. 모니터에 잡힌 모습만으로도 치장에 신경을 썼음을 알 수 있었다. 최근에 조이와 이야기한 적도 없고 마음에 뭔가 껄끄러운 것이 있었는데 조이가 왔다.

"이거 선물. 시계야. 우리의 시간을 잘 간직해." 조이는 선물을 준비했다.

"어서 와. 더 예뻐졌네. 여기, 준수 옆에 앉아." 엄마가 조이를 초대한 것임을 알았다. 그 뒤에는 조이의 엄마가 있을 것이고 MBTI 상담실 멤버들은 그냥 구색을 갖추기 위한 것이라는 생각이 들자 속이 거북해졌다. 물론 미가, 이화, 성빈이는 우리 엄마라는 사람과 내 속을 알지는 못할 것이다. 연주가 있어서 별 대화를 하지 않아도 어색하지는 않았다. 통창 밖 외관과 늦은 시간의 허기는 음식을 더 맛나게 했을 것이다. 거의 식사가 끝나갈 때 엄마가 디저트 주문을 받았다.

"MBTI 멤버 모두 재주꾼이라면서. 조이는 그거 뭐야?"

"별거 아니에요."

"미가는 밴드 보컬이라며. 노래해 줄 수 있어?"

"엄마는! 여기서 무슨 노래예요? 진짜." 자리에서 일어서며 미가의 눈치를 살폈다.

"노래해! 노래해!" 분위기 파악 못 하는 이화와 성빈이가 외쳤다. 이화는 미가가 우리 엄마에게 잘 보이면 좋을 것 같아서 노래하라고 했을 것이고 성빈이는 그냥 생각 없이 이화 따라 환호했을 것이다.

"그래, 노래 한 곡 해줄 수 있어? 조이도 하고." 오늘도 엄마는 내 생각과는 다른 방향이다.

"예." 의외로 미가가 자리에서 일어서서 노래한다고 했다. 누나에게 가서 뭐라고 하자 첼로를 하던 누나가 피아노 앞에 앉았다. 그러고는 서로 눈짓하고 반주가 시작되었다.

'와, 내가 좋아하는 잔나비다.' 미가는 가을밤 별들이 이리로 오라는 듯 〈가을밤에 든 생각〉을 노래하기 시작했다.

"와우, 박수" 별들이 바닥에 곤두박질치는 기분이었다. 간주도 아름답고 끝까지 들어야 할 노래를 조이가 멈췄다.

'조이는 뭔지 모를 위기감을 느낀 것일까?' 가방에서 바이올린을 꺼내더니 누나들에게로 가서 뭔가를 말하고 다시 내 옆쪽에 선다. 눈짓을 교환하고 연주를 시작했다. 모차르트 세레나데 13번 G장조였다. 내가 좋아했던 음악이다. 초등학교 때 조이와 함께 현악 5부로 연주했던 곡이다. 가을밤에 어울리는 경쾌하고 친근한 선율이 오늘은 조이를 내 마음에서 더 밀어내고 밤은 깊어 갔다.

“네가 여기 왜?” 미가는 정말 놀란 것 같았다. 놀랄 일이긴 할 것이다.

“옆에 내 자리인데.” 미가는 믿겨지지 않는 듯 나를 올려다보며 움직이질 않는다.

“학교를 빠지면 어떻게 해?”

“네 옆은 늘 비어 있었잖아.”

“뭐래.”

그제야 미가는 좌석 위에 놓인 가방을 자기 발밑으로 내린다.

“아니, 뭐냐고. 어떻게 된 거야?”

“나, 체험학습이야.” 미가는 앞 좌석을 잡고 창가로 들어가서 앉았다.

“뭐야, 말해 봐.” 버스 승객을 의식해서 작은 목소리로 말했으나 놀란 음성의 높은 톤은 내 귀에 더 명확하게 들렸다.

"사실은 너 체험학습 낸 것 담임 책상에서 봤어. 그래서 나도 체험학습 낸 거야."

"너 어디 가는데?"

"네가 가는 곳."

"내가 어디 가는데?"

"모르지. 나는 장소가 아니라 너에게 가는 거야."

"아, 뭐래? 나 내린다." 내릴 마음도 없이 미가가 엉덩이를 움직인다.

"그냥. 나도 힘들어서 하루 여행을 하고 싶었어. 네가 동해에 간다기에 무작정 따라가고 싶었어. 방해하지 않을 테니 그냥 있어 줘. 조용히 옆에만 있을게." 그때 고속버스가 출발했고 나는 눈을 감았다. 피곤했다.

얼마나 지났을까? 한참 만에 눈을 뜨니 미가도 눈을 감고 있었다. 긴 속눈썹이 보였다. 미가의 고개가 움직이는 것 같아 얼른 눈을 감았다. 그리고 다시 눈을 떠 보니 어느새 버스는 터미널에 도착해 있었다. 차가 많지 않았고 적당한 높이의 건물들 위로 푸른 하늘이 보였다.

"여기가 어딘데? 어디가?"

"조용히 옆에만 있는다며?"

"알았어. 촌에서 길 잃지 않게 네 뒤만 따라다닐 거다."

"말은 시키지 말고 따라다니는 것은 네 맘대로 해라." 20여 미터를 이동하여 동해 여객 버스를 탔다. 5분 여를 달려 한적한 2차선 도로에 접어들었고 몇 명의 할머니와 아주머니가 타고 내린 후 30분 정도 달려서 장대리라는 곳에 내렸다. 버스에서 내리자마자 미가는 모자를 깊이 눌러썼다. 뒷머리가 모자 틈으로 내려온 것을 제외하고는 눈과 머리가 거의 보이질 않았다.

"여기서부터는 좀 더 떨어져. 모르는 사람처럼. 그렇다고 흉악범 같은 폼은 잡지 말고."

"알았어." 미가는 정류장 근처의 가게에 혼자 들어갔다. 밖에서 가을 하늘 아래 평화로운 마을과 열을 맞춰 자란 크지 않은 나무들을 바라보았다. 한참 만에 미가는 막걸리와 종이컵 두 개를 들고나왔다.

"따라와." 나는 미가 뒤를 쫓아갔다. 대문과 담장의 경계도 분명치 않은 깨끗한 민가가 몇 채 이어져 있었다. 마을 뒤편으로 조금 들어가자 폐가와 찢긴 비닐이 철재에 조금씩 붙어 있는 비닐하우스가 보였다. 미가의 빨라지는 발걸음에 속도를 늦추고 지나온 길을 한 번씩 돌아보고 하늘을 쳐다봤다. 마을에서 산으로 이어지는 시골길로 10여 분 걸어 올라 작은 산소 앞에 도착했다. 나는 왔던 길로 되돌아 몇 걸음 뒤에 앉아서 미가를 힐끔힐끔 보았다. 꽤 긴 시간이 흘렀다. 눈을 감고 시골 냄새를 맡으려 했다. 마음이 편안해졌다.

"준수야." 우리 집 리트리버처럼 충직하게 미가 옆으로 갔다.

"할머니야." 그러고는 막걸리를 한잔 마시는 것이었다. 놀랐지만 아무렇지도 않은 척 못 본 척했다.

"남은 술은 따라드리든지, 네가 먹든지 하고 와." 미가는 자리를 털고 뒤돌아섰다.

나는 막걸리를 들고 산소 뒤편으로 가서 따라 붓다가 목각인형을 발견하고 주머니에 집어넣었다. 막걸리 병과

종이컵을 구기고 다시 미가를 따라갔다.

"가까이 오면 안 돼. 남이 볼 때만."

"흐, 알았어. 근데 이제 어디로 가?" 우리는 다시 버스정류장에 앉아 있었다. 30여 분이 지나도 버스는 오지 않았다. 때마침 멀리서 택시가 오는 것이 보였다. 미가는 익숙하게 차를 세웠다.

"맹방이요."

"맹방 어디요? 거기는 요즘 공사 중이라 어디로 대드려야 하나?"

"그냥 바다가 보이는 쪽에." 10여 분을 달리니 바다가 드넓게 펼쳐졌다. 무슨 공사를 하려는 것인지 큰 시멘트 덩어리들과 건축 자재들이 대형 비닐에 덮여 있었다. 바다가 보이는 방향으로 조금 더 내려가자 해변이 나타났다. 미가는 이리저리 왔다 갔다 했다. 나는 무질서한 해변이 낯설어서 바다 쪽으로 시선을 돌려 거친 파도 소리를 들었다.

"야, 가자. 너무 늦으면 안 돼."

"미가야, 이거!" 할머니 산소에 두고 온 마트료시카를 건넸다. 미가는 손에 쥐고 잠깐 보더니 바다 쪽으로 가서 던지고 돌아왔다. 내가 괜한 일을 했구나 싶었다. 우리는 다시 도로변까지 걷고 또 걸어서 버스정류장에 앉았다. 우리는 좁은 의자에 붙어서 긴 시간 동안 많은 이야기를 나눴다. 일탈이 주는 자유는 달콤했다.

내일이면 수능이다. 모처럼 많은 친구들이 모였다. 교실이 명절을 앞둔 시장판 같다. 오늘은 수능 수험표를 나눠주는 날이다. 수시에 합격하고 아르바이트하는 철재와 수형이 그리고 연기 학원에 다니는 성빈이 정도가 보이지 않고 거의 다 온 것 같다. 여자아이들은 벌써 마라탕 모임으로 소란하고 남자아이들은 오버워치와 롤로 나뉘어 게임 편을 가르고 있다.

1교시 중간쯤에 담임이 들어와서 수능 응원 기념품을 던져주고 나보고 나눠주라며 나갔다. 학부모회에서 준비한 찰떡과 후배들이 선배를 위해 준비한 귤 한 상자였다.

응원하는 사람들의 성의가 무색하게 아이들은 서로 귤을 던지고 떡은 책상 위에 던져진다. 창밖 복도에서 후배들이 기웃거린다. 모처럼 등교한 동아리 선배에게 선물을 준비했는지 한 명씩 불러 나간다. 교실이 난장판으로 되어가나 싶을 때 담임이 다시 들어왔다. 손에는 수험표 뭉치가 들려 있다. 어서 나눠주면 좋으련만 또 동영상을 틀라고 하고 나가신다. 평가원에서 준비한 수험생 유의 사항을 좀 듣다가 이미 아는 내용이기에 그냥 흘려보낸다. 이어서 교육감 응원 영상을 틀자 아이들이 일제히 소리를 지르고 귤을 던진다. 참다못한 조이는 또 소리를 지르고 밖으로 나간다.

10시가 다 되어갈 무렵 담임이 다시 들어와 수험표를 나눠주기 시작한다. 수험표를 받아 든 친구들은 고사장을 확인하고 친한 친구들끼리 시험 장소를 확인한다. 대부분 같은 시험장으로 배치됐는데, 나만 학교에서 먼 학교로 배정이 됐다. 선택과목이 다르고 생활과 윤리, 물리II, 거기에 독일어를 응시했으니 예상한 일이었다. 수험표를 전달한 담임은 준비한 유인물을 나눠주고 교실을 나갔다.

조이처럼 수능에서 최저 등급을 맞춰야 하는 친구와 나처럼 정시를 준비한 몇 명을 제외하면 수험표는 별 의미가 없다. 거의 할인 쿠폰 정도인 셈이다. 따지고 보면 사회에 진출하기 전에 상술에 놀아나는 호객으로 전락하는 경험을 하는 것이다.

수험표를 받아 든 조이는 가방을 챙기더니 교실을 나간다. 아직 종례도 없었는데 미리 허락받았는지 주변 친구들에게도 말하지 않고 바로 앞문을 열고 나갔다.

그때 미가가 종잇조각을 천장을 향해 날렸다.

"야, 뭐야?" 이화가 미가 책상 쪽으로 달려와 바닥에 떨어진 종이를 모아들고 고개를 쳐든다.

"어차피 필요도 없는 수능 날려버리지 뭐."

"야, 그래도 어떻게 될 줄 알고. 왜 그래?" 묻는 나를 보고 한번 웃더니 미가는 가방을 챙겨 뒷문으로 나간다.

어찌 보면 맞는 말이다. 미가가 지원한 수시 대학은 수능을 반영하지 않는다. 터무니없이 낮추어 지원한 거점대학이기에 장학생은 보장받은 셈이다. 거기에 미가는 수험표로 뭔가를 사지 않을 것이다. 아니 사고 싶어도 그럴 여력이 없을 것이다. 마지막까지 반장이라는 책임감에 친구들이 모두 교실에서 나간 것을 확인하고 집으로 향했다.

수능은 끝났다. 어제 일은 이제 생각하고 싶지 않다. 각 과목의 전문가라는 사람들이 너무나 많은 문제를 물었다. 그들이 원하는 것을 답해야 세상이 나를 인정해 주겠지만, 그들이 정한 정답이라는 것이 내 인생의 답이 될지는 모르는 일이다. 당장 몇 점을 받았는지 부모님과 담임이 물었지만 지금 나는 수능이 끝났다는 것만 생각하고 싶다. 정답으로 환희와 절망이라는 깊은 감정의 골에 빠지고 싶지 않았다. 집에서 무언의 압력을 견디기보다는 학교가 낫다는 생각으로 일찍 등교했다.

3학년은 대부분 체험학습을 내고 등교하지 않는다. 우리 반에는 5명이 있었다. 나 이외의 4명은 다음 주에 면접

이 있는 친구들이다. 미가도 면접 대상자인데 아직 등교하지 않았다. 얼마 후면 이별이 올지도 모른다. 수능 결과에 따라 더 끔찍한 결과가 나를 기다릴지도 모른다.

"야, 뭐해?" 내 왼쪽 어깨를 가볍게 건드린 손길이 따뜻했다. 나는 그냥 좋아서 무어라 말을 하지 않았다.

일과가 모두 끝났고 미가만 교실에 있었다. 내일이 면접일이어서 담임과 학생부 점검을 한다고 했다. 교실에서 면접 준비를 하는 미가 옆으로 갔다. 둘만 있는 교실에서 가까이 가도 서로를 특별하게 의식하지 않는 것이 좋았다.

"왜, 뭐 할 말 있어?" 어제까지 교실에서 듣던 미가의 목소리가 아니었다.

"뭐, 물어도 돼?"

"그래, 그러라고 했잖아. 지금 해."

"아니다."

"뭐가 아냐, 말해. 왜 수험표를 찢었냐고?"

"응." 사실 그게 궁금하지는 않았는데 그렇다고 했다.

“내 고교생활을 찢고 싶어서. 갈 길을 명확히 찾았기에 찢은 거지.”

“뭐래? 됐어. 지금은 그냥 연습해. 면접관처럼 뭐 물어 줄까?”

“그래 줄래? 잠깐, 폰으로 면접 영상 좀 찍자.”

미가가 폰을 고정하는 사이에 미가의 면접 카드를 넘겨 보고 놀랐다. 지원한 대학은 알고 있었는데 농생명과학계열 학과는 의외였다. ‘농사를 짓겠다는 것인가…….’ 내가 아는 미가는 표피 정도인가 싶었다.

미가는 촬영한 영상을 다시 보면서 거울 앞에서 볼펜을 물고 연습한다. 나는 아무 말도 하지 않았고 창밖을 보는 척하며 힐긋힐긋 미가를 보았다. 그렇게 족히 한 시간이 지났을 때 미가가 뭔가 만족스러운 듯한 표정으로 집으로 가자고 했다.

집으로 갈 때 미가 바로 옆에서 걸었다. 미가와 제법 가까워진 거리였다. 같이 걷는 모습을 지켜보는 눈을 의식하지 않았다. 버스정류장까지 미가를 배웅했다. 미가는 오영진 선생님의 조언으로 4년이 아니라 40년을 생각하고 대학을 선택했다며 아랫입술을 깨물었다. 그리고 내가 생각해 본 적도 없는 미래의 계획을 나열했다. 미가는 참 많은 생각을 했고 그 속에 나도 들어 있는 듯하여 행복했다. 삶의 터전을 닦고 있을 테니 언제든지 오기만 하면 밥은 먹여준다고 했다. 이야기를 들을수록 미가 곁에서 동행하고 싶어졌다. 나란히 걸으며 눈을 마주 보고 싶다. 마음이 가는 대로 공유의 터를 넓혀 한 평 공간이라도 마련하면 그게 행복이라는 말은 이해가 가질 않았다.

건널목 앞 신호등 옆에서 걸음을 멈췄다. 다른 길로 가려니 갑자기 불안해졌다. 얼마 후면 이별이 올지도 모른다. 이별보다 지워지는 것, 함께한 시간을 잊게 되는 것이 싫다. 학교라는 공간의 작별이 아니라 함께하고 싶은 소망의 싹을 틔우지 못하고 고사시킬 것 같아서 그게 걱정이 됐다.

"미가야, 지금 어디로 가?"

"미래로!" 어이없다.

"농담 말고. 면접에 뭐 가져갈 것은 없어?" 응원 선물을 준비하지 못한 게 미안했다.

"네 마음. 그거면 충분." 내 얼굴은 붉어지는데 신호등은 녹색으로 바뀌었다.

"간다!" 미가는 도로를 가로질러 버스정류장 쪽으로 뛰어갔고 나는 건널목 앞에 머물렀다. 미가가 탄 버스가 지나갈 때까지 망부석처럼 서 있었다. 잠시 후 42번 버스가 오고 그 안에서 걷고 있는 미가가 보였다. 자리에 앉자마자 미가가 하트를 날렸다. 내 마음도 덩달아 민들레 홀씨처럼 날았다. 나도 머리 위로 손을 가져갔다. 미가의 고개는 앞을 향해 있어서 나를 보지 못했다. 그래도 좋았다. 버스는 지나가고 허공에 날렸던 낙엽이 다시 도로에 떨어질 때까지 내 손은 같은 모양을 하고 있었다.

11월 말의 고3 교실! 세상과 단절된 듯한 교실에 소수의 친구가 마스크로 얼굴을 가린 채 무언가를 하고 있다. 잠을 자고 영상을 보는 아이들 사이에서 극소수의 학생이 외롭게 대학 고사를 준비하고 있다. 우리 반만 그런 것도 아니고 우리 학교에서만 볼 수 있는 광경도 아니다. 이런 모습이 우리 반 친구들만의 문제라면 개인적인 일이다. 그러나 특정 교실에서의 문제가 아니라면, 이런 현상은 제도나 정책의 문제이다.

오늘은 어쩐 일인지 학년 부장님이 자습을 시키지 않고 이야기를 하신다.

"교육의 사회화 기능과 공동체적 가치는 상실되어도 너희들은 우리의 희망이다. 못생긴 나무가 자라 거목이 되어 동산을 지키는 거야. 너희가 못생긴 나무라는 것이 아니라……."

이제 더 이상 듣기 어려운 소리가 될 것이고 지금은 친근한 삼촌처럼 인생의 조언을 하는데, 여전히 듣는 친구는 나와 미가 정도인 것 같다.

"누가 학교에서 상을 받니? 학교에서 행실이 모범적이고 성적이 좋아 상을 받은 아이들은 다 어디 갔지? 우리 학교에서 최고의 학생에게 주는 상이 '가온누리상'이다. 나는 이 학교 부임이래 '가온누리상'은 폐지되어야 한다고 주장했다." 그 이유를 장황하게 설명했다.

정확하게 이해한 것은 아니지만 대충 얘기는 이렇다. 학년 전체 1등이 받는 상이지만 상의 이름을 듣고도 무슨 상인지 모른다. '가온누리'라는 말이 없단다. '가온'은 '가운데'의 옛말 '가온데'에서 따온 말이고, '누리'는 세상이라는 의미로 '가온누리'는 '세상의 중심'이라는 의미지만 국립국어원에서는 '가온누리'를 붙여서 쓰는 것이 적절하지 않다고 한다. '가온누리'가 세상의 중심이라는 의미로 통용된다면, 공부 잘하는 아이가 세상의 중심일 수 없고 그런 의식은 위험하다고 했다. 다 맞는 말이었다. 누구도 세상의 중심일 수 없다. 자기 삶의 중심일 수 있으나, 세상은 결코 자신을 위해 움직이거나, 자신이 세상을 움직일 수 있다는 착각을 해서는 안 된다.

"교실에 앉아 있는 너희들이 상을 받아야 한다. 소리 없이 자리를 지키며 소임을 다하는 귀한 분들로 인해 세상은 돌아간다. 올해 졸업생 중에 가온누리상은 조이가 받는다. 그런데 조이는 지금 여기 없다." 선생님이 왜 이런 이야기를 했는지 어느 정도는 이해가 간다. 이미 체험학습 출석인정 기간을 모두 사용하고도 학교에 오는 것이 의미가 없다며 조이 어머니가 학교를 방문하여 학교를 엎어 놓고 조이는 결국 외국으로 여행을 떠났다. 교장과 학부모 사이에서 학년 부장은 밟혔고 조이의 차가운 결정에 실망한 것 같았다.

종이 울리고 미가를 봤다. 시선이 마주치자 약속이라도 한 듯이 밖으로 나갔다. 하늘정원으로 갔다. 추워진 날씨에 아이들도 없고 형형색색 피어났던 꽃들도 모두 스러졌다. 인위적으로 덮어버린 흙 위의 것과는 달리 하늘은 높고 맑았다.

"준수야, 네가 전에 물었던 것 말해줄까?"

"응. 난 네 과거까지 다 듣고 싶어." 사실 나는 미가의 오늘과 지금 마음이 궁금했다. 할머니 산소에 왜 마트료시카를 놓아두려 했는지, 바다에 마트료시카를 왜 던졌는지는 중요하지 않았다. 내 물음이 아니라 미가의 이야기를 듣고 싫었다. 수능처럼 정해진 답은 없다. 저마다 자신이 하고 싶은 말을 하는 것이고, 듣고 싶은 말만 듣는 것이다.

"그냥 서사적 자아를 부정하고 싶었어."

"그게 무슨 말이야?"

"매킨타이어 알지? 나는 이제 누구의 딸, 몇 반의 부반장, 은혜의 집의 누구, 몇 살 때의 내가 아니라 그냥 지금 여기의 나로 탄생하기 위해 창조적 파괴를 한 거야. 과거의 나를 바다에 버린 거야. 그래도 현재의 나는 남아있어."

"아, 그랬구나." 의미를 모른 채 맞장구를 쳤다.

"졸업하기 전에 나의 모든 것을 부숴버리고 싶었지만 지금 할 수 있는 가장 작은 과거를 파괴한 거야. 관계적 자아를 파괴하고 원자적 자아로 나아가려고."

"미가야, 솔직히 무슨 말인지는 잘 모르겠어. 그런데 너의 작은 모습까지도 나는 모두 보고 싶어."

"야, 멀리서 그게 보이냐? 가까이 다가와야 작은 게 보이지." 미가를 봤다. 미가도 오늘은 시선을 외면하지 않았다. 내 눈이 떨렸다.

"야, 추운데 너네 뭐해?" 이화가 하늘정원에 들어서며 말했다.

"그래, 춥다. 들어가자. 노래는 잘돼?"

"예전 같지는 않지만 슬슬 노래할 기분이 들어. 더 해야지."

주황색 두꺼운 담요를 두른 이화가 우리 쪽으로 다가오자 미가가 먼저 하늘정원을 나가고 내가 그 뒤를 잽싸게 따랐다. 이화가 담요로 미가를 덮으려 했다.

내가 강당에 들어섰을 때는 이미 의자에 앉은 아이가 없었다. 역시 축제의 꽃은 밴드다. 작년에 무대에 섰던 시그너스 후배들이 눈에 띄는데 보컬은 모르는 아이다. 윤도현과는 전혀 다른 톤으로 날카롭게 질러대고 헤드뱅잉을 하자 학생들은 마룻바닥이 쿵쿵 울리도록 뛰어오른다. 강당 맨 뒤에 팔짱을 끼고 동아리 후배들을 보는 것이 좋으면서도 내 이름을 불러 준다면 당장이라도 무대에 오르고 싶어졌다. 작년에 공연했던 기억이 강렬하게 떠올랐다. 그때 나는 베이스였고 조이는 건반이었다. 함께 호흡하며 공연했던 그 순간이 조이로 인해 급속하게 잊혀졌다. 후배들 공연의 마지막은 미가의 찬조 공연이었다. 학교 행사 때 감질나게 미가의 노래를 들었던 후배들의 요청과 나의 권유로 졸업생이면서도 미가가 무대에 서게 된 것이다.

"준수야! 왔어?"

"와, 멋지다." 마음고생이 심했던 시간 때문인지 큰 키와 마른 몸이 오히려 더 느낌 있었다.

"다음, 다음 무대야. 그리고 이거 받아."

"뭔데?"

"내 노래 다 끝나고 나면 풀어봐. 그전에 보면 절대 안 된다. 그리고 응원해 줘야 해."

"물론. 난 널 영원히 응원할 거야."

"간다."

"응, 팟팅!" 미가가 건네준 헝겊 주머니에는 J.S. 이니셜이 수 놓아져 있었고 그 속에 한 손에 쥐어질 정도의 작은 무언가가 들어 있는 것 같았다. 동글동글한 것이 손안에서 놀았다. 미가가 무대 쪽으로 사라졌다. 후배들의 공연이 이어지고 강당은 열기구처럼 지상에서 조금씩 더 하늘로 오르는 기분이었다.

"준수야!"

"어, 쌤. 어쩐 일이세요?" 오영진 선생님이셨다. 기간제 선생님이셨는데, 한 학기 만에 학교를 떠나셨다. 개인 사정으로 그만뒀다고는 했지만, 1학기 말에 학내 문제로 미가가 징계받게 되자 교장실에서 항의하다가 학교를 떠났다고 알고 있었다.

"원팀. 우리 일이다. 왜? 미가 공연인데 안 와?"

"그쵸, 그쵸."

"미가 오늘 무슨 노래하니? 〈가시나무새〉 하나?"

"얘가 무슨 그런 노래를 해요. 징그럽게."

"그렇지. 내 속엔 내가 너무도 많아~. 미가 속에는 누가 있을까?"

"미가가 있겠죠."

"그럴까? 미가가 꼭 오라고 했어. 너, 나, 미가 셋이 같은 것을 가지고 있다는데. 그걸 찾아보래, 뭘까?"

"같은 거요?"

"그래, 또 다른 미가라나. 똑같이 소중한 것 3개라고 하던데. 야, 미가 나온다."

미가가 무대에 들어서자 후배들의 함성은 아이돌을 맞는 군인들 못지않았다.

"아, 잠깐 조용히 해주세요. 조용, 조용입니다. 다음은 시그너스의 히로인. 이미가 선배의 공연인데요. 학교를 떠나며 후배 여러분에게 메시지를 남기는 자작곡을 한다고 합니다. 즐감하세요. 이어서 마지막 무대는 후배들과 신나는 찬조 공연도 있으니 그때 맘껏 뛰시며 즐겨 주세요. 자, 시작합니다. 미가 선배의 끝이 아닌 새로운 시작을 응원합니다. 제목은 마트료시카입니다. end가 아닌 and. 그럼 고~ 고~."

사회자의 멘트가 이어지는 사이 스크린이 내려오고 악

기 세팅도 마무리되었다. 드디어 미가가 무대에서 노래하기 시작했다.

그게 다라고 전부라고 말을 했지

내 안에 나 전부인 나

물려준 꿈

열 때마다 작아지는 시간 안에

작아지고 작아져야 살 수 있는 six I six I 줄(啐) I

마음 비워 작아지고 쪼그라져도 버거워 흐르는 시선

인형 안에 인형

나 같은 너 다 같은 나

but I, but I, but I

비좁은 틈

담으려 넣으려고 움직여도 어긋나는 공간

커지고 비대해져 살 수 없는 six I six I 탁(啄) I

마음 커져 욕심으로 담으려니 닫히지 않는 조각

똑같은 삶

깨치고 깨져도 알 수 없는 생각

어긋나고 틀어지는 같지 않은 목각

달라서 달려서 힘 모아 외치는 우리의 미래

다 같은 나 내 안에 나

떠나갈 때 닫아도 다시 열리는 나

end I, and I, always I

읊조리는 노래 뒤로 미가의 시간이 스크린에 비칠 때 내 손에서 목각인형이 숨을 쉬는 듯했다. 미가는 선생님과 내 안에서 함께 숨을 쉬고 있었다. 노래하는 미가는 아름다웠다. 미가는 미가다웠다.

에필로그

소설을 쓰겠다고 마음먹었으나 글이 잘 써지지 않았다. 몸도 마음도 정상이 아니었고 어머니의 병환으로 시름이 생겨 생각을 펼치기 어려웠다. 그동안 구상했던 거친 그림을 뒤로 하고 우선 에필로그를 먼저 완성하겠다고 마음먹었다. 소설을 마칠 때까지 어머니께서 나를 지켜주시고 완성한 소설을 어머님께 헌정하고 싶은 간절한 바람이 있었다. 인간의 욕심은 순리를 거스를 수 없었다. 에필로그를 완성하고 몇 시간이 지난 후 어머니의 소천 소식을 통보받았다. 금방 달려가고 싶었지만 나는 코로나 확진 상태였다. 방에서 홀로 에필로그를 읽으며 수없이 눈물을 삼켰다. 어머니와의 작별 전에 에필로그를 쓴 것이 이 소설을 완성하게 하는 동력이 되었다. 중도에 그만두지 말고 가던 길 열심히 가라고 어머니께서 세상을 떠나시며 주신 사랑이라고 생각했다.

학교는 세상의 축소판이다. 학교는 교육기관이지만 비교육적인 모습을 담고 있고 학생들에게 좋은 것만을 가르치지도 않는다. 교사가 되고 싶어서 교직에 들어섰고 지금도 교단을 지키고 있지만 여전히 부족하고 학생들에게 미안한 것이 많다. 단지 부끄럽지 않은 교사로 서고 싶어 자신을 돌아보는 일을 게을리하지 않으려 하고 있다.

2022년 4월에 관내 중학교에 수업 지원을 나갔던 것이 이 글을 쓰는 출발점이 되었다. 고등학교에서 수능과 대입 업무를 주로 하다가 해맑은 소녀들과의 수업은 내 영혼을 맑게 했다. 즐겁게 수업을 마치고 나오는데 한 학생이 질문한다.

"선생님, MBTI는 뭐예요?"

"할 때마다 달라요. 지금은 ENFJ?" 적당히 얼버무렸다. 그게 시작이었다. 대학 때 해봤던 MBTI, 연애할 때 봤던 MBTI, 신규 교사 시절의 MBTI, 교직원 연수에서 봤던 MBTI……. 몇 번 해 봤지만, 그때마다 검사 결과는 달랐고 글을 마치고 내 성격 유형은 또 변했다. 인간을 특정한 유형으로 규정하는 것은 불가능하다며 우리 사회의 MBTI 열

풍을 달갑지 않게 생각했다. 성격 유형보다는 "너답게 살아라." "네 안에 있는 너를 찾아라." "자신의 꿈을 찾아 도전하라." 등 자기다움을 강조하고 자아정체성을 확립하는 것이 중요하다고 생각했었다.

그렇지만 이번에는 그냥 넘겨지지 않았다. 학생들이 재미있어 하는 소재로 소설을 써 보고 싶은 욕구가 생겼다. 그동안 교사를 중심으로 교육 소설을 그렸던 것에서 벗어나 학생을 주인공으로 교육적인 메시지를 담아보고 싶었다. 그러나 작가가 소설 작품 속에 지나치게 개입하고 과하게 설명하려 하는 수준 이하의 소설 쓰기 능력을 극복하기는 여전히 어려운 숙제로 남았다. 단지 이전의 내 작품을 읽은 분이 그때보다 한 걸음 전진했다고 평가해 준다면, 다시 용기를 내서 다음 작품에 도전할 것이다.

이 소설을 4부로 구성했다. '기울어진 운동장'은 학교가 공정한가에 대한 개인적인 답이었다. '명륜고 MBTI 상담실'에서는 성격 유형 검사를 뒤틀어 보고 싶었다. '도깨비 도로'는 눈에 보이는 것이 다는 아니라고 말하고 싶었다. '마트료시카'에서는 내 안에 있는 나를 찾아가는 미래 세대에게 박수를 보내고 싶었다. 지금 이렇게 몇 자 적는 것 또한 독자의 감상과 상상력을 방해하는 것인지도 모른다. 철저히 이 글에 대한 평가와 의미 부여는 독자의 몫이다.

부디 이 소설이 누군가에게는 작은 위로가 되면 좋겠다. 소설의 주인공과 같은 이 땅의 학생들이 꿈을 향해 도전의 나래를 펼치면 좋겠다. 우리 사회에서 조망하지 않고 있는 소외된 이들이 좀 더 인간답게 살 수 있는 평화로운 세상이 오기를 소망한다. 특별히 나의 청소년기를 지켜준 사랑하는 이모와 내 마음의 별이 되어 영원히 나와 함께 해줄 어머니와 윤영선 선생님을 생각한다. 그리움이 커지면 감정이 깊어져 심연의 순수를 찾아간다.

학생들의 아름다운 노래가 이 땅에 울리고 독자와 함께 그들의 이야기를 나누는 날을 기대하며.

저자 정구복 올림